DIE SINGLE-FRAU

AF285463

BOOKS on DEMAND

Melanie B. Frank

Die Single-Frau

und ihre Verabredungen

Bibliografische Information der Deutschen Nationalbibliothek:
Die Deutsche Nationalbibliothek verzeichnet diese Publikation
in der Deutschen Nationalbibliografie; detaillierte bibliografische
Daten sind im Internet über http://dnb.de abrufbar.

2. Auflage: 2018
© Melanie B. Frank, 2009
Alle Rechte vorbehalten
Umschlagmotiv: Melanie B. Frank
Herstellung und Verlag:
BoD – Books on Demand, Norderstedt
ISBN 978-3-8391-0576-4

ie angeln Sie sich einen Mann? Der Artikel in der neuen Zeitschrift klang vielversprechend, doch am Schluss war ich genauso klug wie zuvor. Die verschiedenen Handlungsweisen, wie man einen Partner findet, hatte ich selbst schon erfolglos getestet.

Warum bin ich dann immer noch Single? Vielleicht sollte ich Tina anrufen. Sie kann bestimmt Aufschluss darüber geben, denn schließlich rühmt sie sich des perfekten Mannes. Bei Tina läuft es perfekt, dank ihres treuen Ehemanns und ihrer lieben Tochter. So ein Familienglück erträume ich mir. Nein, ich bin nicht neidisch auf Tina, ich gönne es ihr von ganzem Herzen. Und wie sage ich immer, das Single-Leben hat durchaus seine Vorzüge, allerdings reichen fünf Jahre des Alleinseins zur Genüge, mein Beziehungsstatus sollte sich endlich ändern. Laut Aussage meines Frauenarztes bin ich angehalten mich zu beeilen, wenn ich noch ein Kind bekommen will. Mit 36 Jahren wird die Zeit knapp, den richtigen Mann zu finden. Eine baldige Änderung meines Single-Daseins erhoffe ich mir bei dem Speed-Dating morgen in Hamburg. Beinahe hatte ich die Anmeldefrist versäumt.

Der lang ersehnte Tag ist da, mit meinem kleinen blauen Koffer stehe ich in Frankfurt am Bahnhof (damit fühle ich mich wie eine wichtige Geschäftsfrau) und bin bereit, mich auf einen spannenden Abend in Hamburg einzustimmen. So in meine Gedanken versunken, schrecke ich auf, als die Durchsage ertönt, dass mein ICE eine halbe Stunde Verspätung hat. Üblicherweise ärgert mich die Verspätung genauso, wie die Reisenden, die sich neben mir darüber echauffieren, doch schließlich ist Wochenende und ich habe es nicht eilig. Als der Zug unpünktlich ankommt, steigen so viele Fahrgäste aus, dass ich mich wundere, ob sonst einer mit dem Auto fährt. Wenn die Allgemeinheit auf öffentliche Verkehrsmittel umstiege, wie in den Medien oft aus ökologischen Gründen gefordert, dann würde sich der Nahverkehr in Deutschland bald japanischen Verhältnissen annähern.

Nachdem ich zugestiegen bin, durchquere ich mehrere voll besetzte Abteile, bis ich dann doch noch zwei freie Plätze entdecke. Bevor ich mich auf einen der beiden Plätze setze, bringe ich meinen Koffer im oberen Gepäckfach unter, denn es ist kein Mann bereit einer Frau beim Kofferheben zu helfen, die Spezies „Gentleman" ist wohl ausgestorben. Im nächsten Augenblick fragt eine junge Frau nach dem freien Platz neben mir, den ich ihr daraufhin anbiete. Der Zug setzt sich langsam in Bewegung und es ist fast komplett ruhig, obwohl das Abteil dicht besetzt ist. Nach einer Weile fragt mich meine Sitznachbarin nach dem Ziel meiner Reise. Dabei stelle auch ich mich mit einem Händeschütteln vor:

„Hallo Martina, ich bin Rebecca und auf dem Weg nach Hamburg."

Langsam kommen wir ins Gespräch und ich bin froh, dass sie das Schweigen brach. Es stellt sich heraus, dass wir beide in Frankfurt am Main wohnen, welch ein Zufall, obwohl es durchaus nicht abwegig scheint, sind wir doch beide in Frankfurt zugestiegen. Martina ist 24 Jahre alt und studiert Pharmazie an der Goethe-Universität. Ganz zappelig rutscht sie auf ihrem Sitz hin und her, dementsprechend aufgeregt muss sie sein, weil sie sich gerade auf der Fahrt zu ihrem Freund befindet. Um das Gespräch aufrechtzuerhalten, erkundige ich mich:

„Dann freust du dich sicher, ihn bald zu sehen?"
Martina antwortet erst nach kurzem Zögern:

„Ja, ich freue mich schon und dann doch wieder nicht. Wir führen jetzt schon ein paar Jahre diese Wochenendbeziehung und das macht mich total fertig. Ich will ihn öfter sehen. Außerdem habe ich gerade diesen Prüfungsstress und eigentlich kann ich es mir gar nicht leisten, am Wochenende zu ihm zu fahren. Unter der Woche bin ich in Vorlesungen, abends muss ich arbeiten, deshalb sollte ich an den Wochenenden lieber lernen, anstatt bei ihm zu sein. Deshalb stehe ich jetzt vor der Frage: Was ist wichtiger; mein Abschluss oder die Beziehung?"

Mir fällt auf die Schnelle nichts ein, außer der Versuch, sie zu beruhigen:

„Nun, dann fährst du eben nicht jeden Samstag zu ihm, dann klappt vielleicht beides."

„Wahrscheinlich hast du Recht, ich werde es versuchen. Ich hoffe nur, dass die Wochenendbeziehung keine dauerhafte Geschichte bleibt. Wenn wir Pech haben finden wir nach dem Studium nur Jobs in verschiedenen Städten; ich habe wirklich keine Lust auf eine ewige Fernbeziehung."

„Martina, das kann ich gut verstehen, aber ihr werdet das schon schaffen. Ich drücke euch die Daumen."

Bevor der Zug hält, tauschen wir noch schnell unsere Telefonnummern aus. Martina steigt aus und wird von ihrem Freund stürmisch begrüßt, er hebt sie hoch und gibt ihr einen Kuss, bis sie nach unten in seine Arme sinkt. Die zwei geben ein hübsches Paar ab. Hoffentlich bleiben sie noch lange zusammen.

Beim nächsten Halt endet auch meine Reise, ich bin in Hamburg angekommen. Sogleich suche ich mein Hotel auf, ziehe mich dort um und mache mich dann auf den Weg zum Ort der Veranstaltung. Langsam fängt mein Puls an, höher zu schlagen. Was wird mich dort erwarten? Da könne ich mir den Besten aussuchen, hat meine Freundin mir vorgeschwärmt.

Dann werde ich die Männer heute Abend mal genauer unter die Lupe nehmen!

Obwohl ich das Lokal schnell finde, bleibe ich abrupt vor der Tür stehen und zögere, den letzten Schritt ins Unbekannte zu wagen. Mich beschleicht ein komisches Gefühl. Unterdessen betritt ein Mann das Lokal, er sieht aus wie Brad Pitt. Kurzerhand folge ich ihm und harre der Dinge die da kommen. Als ich eintrete, fällt mein Blick auf die große Uhr in der Ecke und stelle fest, dass ich auf die Minute pünktlich bin. Die Veranstalterin ergreift das Wort, sie begrüßt alle Anwesenden, erklärt kurz die Regeln: Bei jedem Signal wechseln die Herren den Platz, die Frauen bleiben sitzen. Sie wünscht allen viel Spaß. Ja genau, ich bin doch eigentlich hier, um Spaß zu haben und nicht, um mich zu schämen, dass ich es nötig habe, solch eine Veranstaltung mitzumachen! Ich schiebe meine Bedenken zur Seite und stürze mich in das Abenteuer.

Als das Signal ertönt kommt der Mann mit der Nummer 1 auf seinem Button an meinen Tisch, dabei weht mir der Zigarettengeruch seiner Kleidung entgegen, seine gelben Zähne und seine verfärbten Fingerkuppen sind kaum zu übersehen. Genauso sieht ein hartnäckiger Raucher aus, der das niemals aufgeben wird. Das kenne ich schon aus meiner letzten Beziehung und ich will definitiv keinen Aschenbecher mehr küssen!

Mann Nummer 2 macht einen netten Eindruck, wirkt allerdings unsicher. Dabei hat er eine sehr hohe Stimme und fuchtelt nervös mit den Händen herum, wenn er spricht. Fazit: Auf ein Weichei kann ich gut verzichten.

Der Dritte ist attraktiv, gepflegt und elegant gekleidet. Erst blickt er mir eine Weile in die Augen, dabei lächelt er mich an, neigt seinen Kopf etwas zur Seite und fragt dann ohne Umschweife:

„Könnte es sein, dass du bi bist?"

„Wieso?", entgegne ich ihm völlig perplex.

„Naja, vielleicht bist du es und weißt es nur noch nicht. Eigentlich habe ich schon eine Freundin und wir suchen noch eine Frau für einen Dreier. Wenn du offen für neue Erfahrungen bist…"

„Aha", ist das einzige, das ich noch dazu sagen kann, bevor das Signal ertönt und der nächste Mann an der Reihe ist.

Der Vierte erzählt begeistert und bis ins letzte Detail von seinen schauspielerischen Talenten, von einem Workshop für Hobbyschauspieler und von seinem Beruf. Er lässt mich gar nicht zu Wort kommen, nicht einmal um eine Zwischenfrage zu stellen. Sogleich ist die Zeit um und er verlässt den Platz.

Von der Nummer 5 bin ich schon begeistert, als er anfängt, sich vorzustellen. Den Mann finde ich einfach klasse und die Chemie zwischen uns scheint zu stimmen. Wir haben sogar gemeinsame Hobbys. Kaum habe ich nach dem sprichwörtlichen Haken gesucht, habe ich ihn schon gefunden, ich wusste es doch. Er besitzt neun Katzen! Wer soll sich denn um die kümmern? Natürlich seine Freundin. Diesen Job werde ich nicht übernehmen! Tiere in meiner Wohnung sind für mich außerdem ein absolutes No-Go.

Der Sechste ist ein Computerfreak. Das ist ihm sofort anzusehen: seine zerzausten Haare; er schaut mir überhaupt nicht in die Augen und antwortet nie direkt auf meine Fragen. Hört er mir überhaupt zu, oder ist er schon völlig in seine Welt abgetaucht? Aufgrund dessen frage ich etwas provokant, ob er selbst auf die Idee gekommen sei, bei dem Date mitzumachen.

Nein, das müsse er machen, um eine Wette mit seinen Kollegen einzulösen. Na, so etwas hatte ich mir schon gedacht.

Mann Nummer 7 ist ein ganz schnuckeliger. Ich frage mich, warum er überhaupt noch Single ist, oder vielleicht ist er das gar nicht, und hat sich nur aus Spaß angemeldet? Doch auch dieses Geheimnis ist bald gelüftet. Es stellt sich heraus, dass er im „Hotel Mama" wohnt. Das ist ja nicht schlimm, aber wie er die hauswirtschaftlichen Tätigkeiten seiner Mutter in höchsten Tönen lobt, wird mir so einiges klar. Mit ihr wird nie eine andere Frau mithalten können. Keine wird so gut kochen und sich um ihn kümmern wie seine Mutter. Das tue ich mir nicht an, mein Leben lang mit einer Über-Mutti verglichen zu werden.

So hoffe ich auf Nummer 8. In seinem hautengen T-Shirt stellt er seinen muskulösen, stark tätowierten Oberkörper zur Schau und gibt sich siegessicher. So dass es mich kaum wundert, dass er die ganze Zeit von seinem Training im Fitness-Studio erzählt. Mit Mimik und Körpersprache gibt er mir eindeutige Signale, warum er bei dieser Veranstaltung teilnimmt. Dann spreche ich an, was er offensichtlich andeuten will:
„One-Night-Stands interessieren mich nicht."
Er zwinkert mir zu und erwidert mit einem breiten Lächeln:
„Hey, Kleines, bei mir ist es noch nie bei einer Nacht geblieben, die Frauen wollen immer länger mit mir zusammen sein, wenn du verstehst, was ich meine. Also wenn du es dir mal anders überlegst, ich bin jederzeit bereit."

Mann, wie lange dauert das hier noch? Da setzt sich auch schon Nummer 9 an meinen Tisch. Bevor ich zu Wort komme, zählt er mir auf, welche Kriterien eine Frau für ihn erfüllen muss. Besonders wichtig sei ihm, dass die Frau für ihn und für die gemeinsamen Kinder da sei, und er würde arbeiten gehen. Mal abgesehen davon, dass er nicht gerade viel verdient, frage ich ihn, wie er sich das vorstellt, wenn er mal arbeitslos wird. Nun, soweit würde es nicht kommen. Soweit seine Meinung, mir macht mein Beruf im Reisebüro Spaß und den würde ich nicht so schnell für einen Mann aufgeben.

Damit wären wir bei der Nummer 10, die letzte Chance. Das werden die längsten Minuten in meinem Leben. Er ist überhaupt nicht redselig. Um ehrlich zu sein, er antwortet nur mit Ja und Nein, und ich sterbe jetzt schon vor Langeweile. Mir fallen auch nicht mehr viele Fragen ein. Wenn man die ganze Zeit das Gespräch führen muss, ist das anstrengend. Irgendwann sage ich nichts mehr, und endlich ertönt das Signal, diesmal zum letzten Mal.

Von keinem dieser Männer, mit denen ich soeben Bekanntschaft machte, habe ich die angebotene Telefonnummer angenommen. Enttäuscht verlasse ich das Lokal und fahre zurück in mein Hotel. Warum habe ich mich nur darauf eingelassen, es war doch eigentlich klar, dass ich wieder leer ausgehen würde. Verbittert rufe ich Tina an, wie immer in solchen Fällen. Nachdem ich ihr den Ablauf bis ins Detail geschildert habe, lacht Tina durchs Telefon:

„Wenn du die Männer so oberflächlich beurteilst, dann musst du dich nicht wundern, liebe Rebecca. Du steckst sie viel zu schnell in eine bestimmte Schublade. Vielleicht hätte Einer von ihnen eine Chance verdient. Aber sei doch froh, dass du das gemacht hast. Ich hätte es auch gerne mal ausprobiert, das war doch sicher interessant. Mach dir keinen Kopf, vielleicht gehst du mal mit Thorsten aus, ich bin mir sicher, den findest du bestimmt nett."

Natürlich hatte Tina wieder Recht. Viel zu schnell beurteile ich fremde Menschen, aber in der Kürze der Zeit ist das bei einem Speed-Dating auch verständlich. Es war doch eine Erfahrung wert, ohne diese Veranstaltung wäre ich wahrscheinlich nie auf so unterschiedliche Charaktere gestoßen.

Es ist Sonntagmorgen und nach dem ausgedehnten Frühstück im Hotel, sitze ich wieder im Zug nach Hause. Diesmal habe ich bis Frankfurt einen Sitzplatz reserviert und sitze nun neben einem älteren Herrn. Ich denke an Martina, die ich gestern im Zug kennengelernt habe und bedauere nun, dass die Menschen sich so wenig miteinander unterhalten. Es kommt einem manchmal so kalt vor, wenn sich niemand für den Anderen interessiert. Also fasse ich mir ein Herz und spreche den alten Mann neben mir an. Völlig im Redefluss schildert er mir sodann, dass er zu seinen Enkeln fährt, die er nur selten sieht, weil sein Sohn öfter seinen Wohnort aus beruflichen Gründen wechselt. Als ich ihm von meinem Beruf erzähle, kommen bei ihm so viele Erinnerungen von seinen früheren Reisen. Ebenfalls wie ich ist er viel im Ausland unterwegs gewesen, aber sein Geheimtipp ist Sylt. Begeistert beschreibt er die große Wanderdüne, die das Wattenmeer von der Nordsee trennt, ein richtiges Naturschauspiel sei das. Er veranschaulicht eine Wattwanderung mit seinen Enkeln, wie sie barfuß durchs Watt umhergegangen waren, der Sand unter ihren Füßen hätte sich so weich und etwas kühl, aber sehr angenehm angefühlt. Sie hatten zusammen Wattwürmer ausgegraben und abends beim Sonnenuntergang am Strand gelegen. Und dann singt er:
„Ich will zurück nach Westerland!"
Durch das Gespräch ist die Zeit schnell vergangen, der Zug hält am Frankfurter Hauptbahnhof, hier endet nun mein Wochenendtrip.

II.

ontagmorgen im Reisebüro und die ersten Kunden, ein seit 40 Jahren verheiratetes Ehepaar, an meinem Schreibtisch sitzend, sinniere ich über die Seltenheit dieser Konstellation in der heutigen Welt. Die Eheleute planen anlässlich ihres bevorstehenden Hochzeitstages eine Kreuzfahrt, schließlich möchten sie sich nach so vielen Jahren etwas Besonderes gönnen. Als ich nach einer einstündigen Beratungszeit die Buchung der Kreuzfahrt erziele, verlassen sie das Reisebüro. Also bin ich nur noch mit meiner Kollegin Jessica im Büro, die sogleich ihre Idee preisgibt, dass sie mit mir shoppen gehen will, wenn wir in einer halben Stunde Feierabend machen.

Es macht richtig Spaß Kleider mit ihr einzukaufen, ihr fallen sofort die trendigsten Sachen auf, außerdem weiß sie genau, welche Farben mir stehen. Deshalb wundert es mich nicht, als sie schon mit drei Hosen für mich dasteht und auf die Umkleidekabine deutet. Die erste Hose findet Jessica nicht besonders chic. Und da ist es wieder! In die zweite Hose passe ich überhaupt nicht hinein und in die Dritte kann ich mich gerade noch so hineinzwängen. Jessica sieht das Dilemma und bittet die Verkäuferin, eine Nummer größer zu besorgen. Diese bedauert, das wäre die größte, die sie vorrätig hätten. Es ist frustrierend, dabei hatte mir diese Hose besonders gut gefallen. Sogar bei Blusen muss ich inzwischen Größe L nehmen, dabei hatte ich mal in M gepasst. Jessica bemerkt meinen verzweifelten Blick, ich murmle etwas von einer Diät. Da fällt Jessica ein, dass eine Freundin von ihr zwanzig Pfund durch eine neue Wunder-Diät abgenommen hatte.

Schon am nächsten Tag bringt mir Jessica den Diät-Plan, ich schaue ihn durch und bin felsenfest davon überzeugt, dass diese Diät bestimmt helfen wird. Diese Fettpölsterchen überall, das kann ja schließlich nicht so weitergehen, und beim Shoppen soll es auch wieder richtig Spaß machen, nicht so wie gestern, wenn man die schönsten Teile liegen lassen muss. Aber wie heißt es doch: Wer schön sein will, muss leiden! Also fange ich tapfer mit der Diät an.

In der ersten Diät-Woche bin ich sehr mürrisch, kaue nervös auf meinem Kuli herum, fange immer wieder an mit Jessica oder Stefan, meinem anderen Kollegen, zu streiten und meckere an allem herum. Langsam habe ich mich daran gewöhnt, mittags gibt es immer das Gleiche und abends nur einen Apfel.

Nach einem stressigen Tag im Reisebüro, es mussten Vorbereitungen für meine kommende Reise nach Venedig getroffen werden, erleide ich wieder einen Rückfall. Natürlich habe ich nicht den Fehler begangen, in letzter Zeit irgendwelche Süßigkeiten zu kaufen, also ist leider auch nichts zu Hause. Letzte Nacht träumte ich von einer mehrstöckigen Schokoladentorte! Jetzt bloß nicht daran denken. Aber es ist wirklich zum verrückt werden, nichts im Haus zu finden wo Zucker drin ist. Soll ich schnell zur Tankstelle fahren? Denn der Supermarkt hat geschlossen. Nein, ich darf nicht schwach werden. Aber da kommt mir der rettende Gedanke! Es ist noch Kuvertüre zum Backen da. Also stelle ich mich abends hin, backe einen Kuchen und bestreiche ihn dick mit der geschmolzenen Schokolade. Danach verputze ich ganz allein den halben Kuchen. Aber das böse Erwachen kommt am nächsten Morgen. Wegen meines schlechten Gewissens halte ich nun noch strenger meine Diät ein, obwohl sich vorher leider auch noch nicht viel auf der Waage getan hatte. Aber ab heute werde ich durchhalten!

Zur Ablenkung von der Diät und weil ich ehrlich gesagt ein bisschen Angst habe heute Abend alleine zu Hause zu sein, ich könnte ja wieder auf so eine dumme Idee kommen wie gestern Abend, verabrede ich mich mit Nina im neuen Szene-Lokal. Bis dahin häkle ich an meiner Mütze weiter, diesen neuen Trend mit den Häkelmützen habe ich ohne Vorkenntnisse einfach mal begonnen. Weder in der Schule noch von meinen Omas habe ich je Stricken oder Häkeln gelernt, als Teenager hat mich das weniger gestört, aber jetzt hätte ich es leichter, die Häkelanleitungen zu verstehen. In Ermangelung dieser Vorkenntnisse greife ich eben auf Videos zurück, die nette Frauen kostenlos ins Netz gestellt haben und damit bin ich schon weit gekommen, meine Mütze ist schon zu dreiviertel fertig. Man kann es glauben oder nicht, aber durch das Internet kann man viel lernen. Mein nächstes Vorhaben lässt sich auch durch Videos durchführen, die nette Menschen kostenlos ins Netz stellen, dann möchte ich nämlich mit ihrer Hilfe das Gitarre spielen erlernen. Nun muss ich mich aber beeilen und die Handarbeit beenden. In meine Schuhe geschlüpft und meine Handtasche von der Garderobe genommen eile ich zu meinem Auto um zum Szene-Lokal zu gelangen.

Nina ist wie immer gut gelaunt und freut sich, dass ich mich nach so langer Zeit wieder bei ihr gemeldet habe. Zugegebenermaßen hatte ich mich die letzten Monate von ihr distanziert, seit sie erzählte, dass sie lesbisch ist, denn ich hatte Befürchtungen, sie würde mich vielleicht anmachen. Aber inzwischen weiß ich, dass sie das bei mir nie tun würde, weil ich schließlich nach einem Mann suche. Sie ist lesbisch geworden aus Überzeugung:

„Rebecca, weißt du, ich habe das mit den Männern schon lange aufgegeben. Glaub mir, ich lebe jetzt seit einiger Zeit mit meiner Partnerin zusammen und es ist wunderbar. Nirgendwo liegen irgendwelche Klamotten von IHM herum.

Kein Mann, der dich nach langer Zeit überhaupt nicht mehr beachtet, faul zu Hause herumsitzt, keine Lust mehr hat zum Ausgehen, dich als selbstverständlich betrachtet, dass du da bist und gar nicht auf die Idee kommt, dass du ihn jemals verlassen würdest. Kein Mann, der resistent ist gegenüber irgendwelchen Kompromissen und Vorschlägen und dir meistens gar nicht zuhört, wenn du mit ihm sprichst."

Da muss ich Nina widersprechen:

„Aber das gilt doch bestimmt nicht für alle Männer, manche kann man vielleicht noch ändern."

„Rebecca, das weiß ich aus Erfahrung, Männer kann man nicht mehr ändern, sie sind stur und festgefahren. Na gut, vielleicht erwischt du Einen, der gut erzogen ist und schon einige Voraussetzungen mitbringt. Aber sobald es ernst wird, laufen sie davon. Sobald man von heiraten spricht oder Kindern suchen sie schnell das Weite."

„Nina, ich gebe ja zu, dass du vielleicht bisher mit den Männern Pech hattest, aber willst du dir das nicht nochmal überlegen?"

„Nein, bestimmt nicht, ich habe genügend Enttäuschungen mit Männern erlebt. Meine Freundin ist da ganz anders, sie versteht mich, weil sie weiß, wie ich denke und mir das gibt, was ich brauche."

Jeder lebt eben nach seinen eigenen Vorstellungen. Nina hat ihr Glück mit einer Frau gefunden, aber ich werde schon noch den richtigen Mann für mich finden!

III.

s ist Sonntagmorgen, beim Durchblättern der Zeitung fällt mein Blick auf die Kontaktanzeigen und ich lese sie mir genauer durch, zwei Anzeigen wecken mein Interesse. Während ich an meinem Tee nippe, überlege ich, ob ich mich auf die Anzeigen melden soll. Bei beiden Anzeigen sind Telefonnummern angegeben; keine Chiffre-Nummern, ich muss also keine langen Briefe an die Redaktion schreiben und auf Antwort warten, die Hemmschwelle ist für mich beim Telefonieren nicht so groß. Kurzerhand greife ich zum Besagten, bevor ich mir es nochmal anders überlegen kann und wähle die erste Telefonnummer. Ganz unerwartet meldet sich ein Anrufbeantworter und bittet um Rückruf werktags zwischen 9 und 18 Uhr. Verwirrt überprüfe ich nochmal die Telefonnummer in der Anzeige und vergleiche sie mit der Nummer auf meinem Telefon, aber sie sind identisch. Es klang beinahe so, als wäre es ein Anrufbeantworter aus einer Arztpraxis. Vielleicht war dem auch so, oder ich bilde mir das nur ein, weil in der Anzeige ein Arzt nach einer Partnerin sucht. Morgen ist Montag, dann werde ich nochmal versuchen, jemand zu erreichen.

Derartig erfolglos wird die zweite Anzeige hoffentlich nicht bleiben, darin wird gebeten sich per SMS zu melden, also wird sich schon mal kein Anrufbeantworter melden. Die SMS ist schnell getippt. Kurz darauf vibriert mein Handy, die erste SMS von dem Unbekannten ist schon da, er hätte heute Nachmittag für ein Treffen Zeit, ich solle ihm Uhrzeit und Treffpunkt nennen. Einerseits geht mir das zu schnell, andererseits erfährt man nur, wenn man sich persönlich trifft, ob man sich mit einem Menschen gut versteht, auf nonverbaler Ebene wird schließlich auch viel kommuniziert. Mit einem flauen Gefühl im Magen simse ich ihm, dass wir uns in einem Café treffen könnten. Im Hinblick auf das so kurzfristig geplante Date steigen Freude und Panik in mir hoch. Panik, weil ich nur noch wenig Zeit habe mich vorzubereiten, ich kann nicht mal shoppen gehen, weil Sonntag ist, dann muss eben mein Kleiderschrank durchsucht werden. Hilfe, was soll ich anziehen?

Nach zweistündigem Versuch, mich besonders hübsch zu machen, sitze ich wie vereinbart im Café, als mich ein Mann anspricht, sich vorstellt und mich von oben bis unten musternd auf dem Stuhl neben mir Platz nimmt. Daraufhin fragt er nach meinem Alter. Obwohl ich es als unhöflich betrachte eine Frau nach ihrem Alter zu fragen, beantworte ich ihm die Frage. Dazu stellt er nur abwertend fest:

„Das glaube ich dir nicht, du bist doch viel jünger!"
Normalerweise fühlt sich eine Frau geehrt, wenn sie jünger geschätzt wird, aber dieser Mann sprach das mit einem Unterton aus, dies sollte eindeutig kein Kompliment sein. Ich bin empört, das ist doch lächerlich:

„Wieso sollte ich mich älter machen, als ich bin? Muss ich es erst beweisen, willst du etwa meinen Pass sehen?"

„Vielleicht stimmt dein Alter, aber du siehst trotzdem zu jung für mich aus. In der Anzeige stand doch mein Alter. Was willst du mit einem älteren Mann. Such dir einen Jüngeren, der zu dir passt."

„Du bist nur acht Jahre älter, ich finde nicht, dass dies ein zu großer Unterschied ist."
Seit wann ist es für Männer ein Problem mit einer jüngeren Frau an ihrer Seite gesehen zu werden? Im Begriff zu gehen, fügt er hinzu:

„Du bist zu jung für mich, ich bin geschieden und habe einen pubertierenden Sohn, der bei mir lebt. Das hier hat

keinen Zweck, ich verschwinde wieder, ich habe noch eine Stunde Fahrt vor mir."

Im Begriff zu gehen, erhebt er sich von seinem Platz. Ungläubig seiner vorschnellen Entscheidung gegenüber, starte ich einen letzten Versuch:

„Du hast jetzt so eine weite Fahrt hinter dir, willst du denn gleich wieder gehen? Auch wenn das kein Date sein soll, können wir uns doch trotzdem ein bisschen unterhalten."

„Ach, das stört mich nicht. Ich mache gerne mal eine Spazierfahrt mit meinem Porsche, ich werde mir jetzt noch ein bisschen die Stadt ansehen, dazu hatte ich sonst nie Zeit und dann fahre ich wieder nach Hause. Schönen Tag noch."

Dann verschwindet er und lässt mich einfach allein zurück. So eiskalt hat mich noch Keiner abblitzen lassen, er hatte noch nicht mal so viel Anstand etwas mit mir zu trinken und ein bisschen Small Talk zu halten. Bis ins Mark gekränkt verlasse ich das Café und muss mit den Tränen kämpfen. Wie eine heiße Kartoffel hat er mich fallen lassen. Dabei komme ich mir so erniedrigt vor, viel schlimmer als nach einem One-Night-Stand morgens alleine aufzuwachen, weil die Person, mit der man immerhin sehr intim geworden war, sich heimlich aus dem Staub gemacht hat, als man eingeschlafen war. Wie ein begossener Pudel stehe ich augenblicklich vor dem Café und weiß nicht, was ich tun soll. Derart aufgewühlt wie nach diesem Treffen, möchte ich nicht nach Hause fahren. Gottseidank ist das nächste Kino gleich um die Ecke, dort kaufe ich mir eine Karte für den Film, der als nächstes beginnt, denn um welchen Film es sich dabei handelt, ist mir gegenwärtig völlig gleichgültig. Auf keinen Fall möchte ich allein zu Hause sitzen und mich den ganzen Abend selbst bemitleiden.

IV.

ie nächsten Tage halte ich meine Diät wieder strenger ein, wahrscheinlich hat den Mann vom letzten Treffen gar nicht mein Alter gestört, sondern meine zu üppigen Kurven.

Als mein Selbstwertgefühl nicht mehr ganz im Keller ist, wage ich den nächsten Versuch. Folglich melde ich mich auf die erste Kontaktanzeige aus der Zeitung, bei der zuletzt eine Frauenstimme auf dem Anrufbeantworter zu vernehmen war. Dieselbe Frauenstimme ist nun am Apparat und versichert mir, mich dem Arzt aus der Anzeige vermitteln zu können, dazu wäre es aber notwendig, zu ihr ins Büro zu kommen. Damit habe ich nicht gerechnet und lasse mich deshalb überreden für den kommenden Tag um 16 Uhr einen Termin zu vereinbaren, womit das kurze Gespräch schon beendet ist. Die Situation wird immer bizarrer, zuerst die Frauenstimme auf dem Anrufbeantworter, jetzt will diese, dass ich zu ihr ins Büro fahre. Wenn sie eine Sprechstundenhilfe wäre, hätte sie mich doch eben mit dem Arzt verbinden können oder sich meine Nummer für einen Rückruf notiert. Das verwirrt mich alles, ich bin eben noch völlig ahnungslos, wie man sich im Falle von Kontaktanzeigen verhält, mal sehen, worauf das hinausläuft.

Als ich kurz vor vier an der vorgegebenen Adresse angekommen bin, sehe ich ein an einen Holzpfahl gebundenes Schild mit der Aufschrift:

Büro Kodnitz

Das war der Name, den die Frau mir am Telefon gestern nannte. Nach zweimaligem Klingeln öffnet mir eine ältere Dame und weist mir den Weg zu ihrem wohnlich eingeräumten Bürozimmer. So besinne ich mich eines Besseren, von einer Arztpraxis ist hier keine Spur. Mutmaßend ob sie seine private Sekretärin sei, nehme ich an einem großen Esstisch Platz. Sofort sticht mir die große Anzahl von Papieren ins Auge, die dort bereitliegen. Dieses befremdlich wirkende Schauspiel wird sich hoffentlich bald auflösen, ich fühle mich unwohl, weil ich keine Ahnung habe, was mich erwartet. Frau Kodnitz fragt mich, ob sie mir einen Kaffee bringen darf und beginnt dann ihren Monolog:

„Sie haben sich auf die Anzeige in der Zeitung gemeldet, weil sie eine feste Bindung eingehen wollen, dann sind sie hier genau richtig. Um eine bestmögliche Übereinstimmung zwischen Ihnen und ihrem zukünftigen Partner zu gewährleisten, was heißen soll, dass Ihre Partnerschaft mit dem von mir übermittelten Herrn auf die Dauer angelegt ist, benötige ich noch einige Informationen über Sie. Sie finden hier einige Papiere, die Sie mir bitte jetzt noch schnell ausfüllen, damit ich weiß, wie ich Ihnen weiterhelfen kann. Sie wollen doch die besten Chancen haben, den Partner fürs Leben zu finden. Wenn Sie die Papiere ausgefüllt haben, kann ich Sie einem Herrn vermitteln. Nehmen Sie sich ruhig Zeit beim Ausfüllen der Fragebögen, ich befinde mich im Zimmer nebenan. Wenn Sie fertig sind, rufen Sie mich. Ich lasse Sie dann mal kurz allein."

Angesichts dieser Einleitung wird mir nun endlich klar einer Vermittlungsagentur ins Netz gegangen zu sein. Schon beim Telefongespräch mit Frau Kodnitz hätte mir das in den Sinn kommen müssen. Für diesmal ist es zu spät, denn ich sitze schon bei ihr im Büro. Mangels meiner Fähigkeit, zu gestehen, ihr auf den Leim gegangen zu sein, lasse ich mich auf ihr Spielchen ein. Vor mir liegen neun Seiten, also fange ich brav an, sie auszufüllen. Die Fragen beziehen sich auf Wohnort, Ausbildung, Beruf, Hobbys, Interessen und Ausschlusskriterien den Partner betreffend. Gerade als ich die letzte Seite fertig ausgefüllt habe, betritt die ältere Dame wieder das Zimmer und setzt sich mir gegenüber. Wohlwollend überfliegt sie die Papiere, die ich ausgefüllt habe und nickt zufrieden:

„Ja das sieht doch ganz gut aus."

„Dann können Sie mich jetzt dem Arzt vorstellen?", erkundige ich mich ganz enthusiastisch.

„So schnell geht das nun doch nicht. Ob es dann der Arzt ist oder ein anderer Herr, dazu muss ich erst die Dossiers vergleichen, ich werde einen Herrn finden, der Ihren Vorstellungen entspricht. Außerdem brauche ich von Ihnen noch einen eindeutigen Auftrag, dass unser Vermittlungsbüro tätig werden darf, wenn Sie sich entschieden haben diesen Weg zu gehen."

Wie konnte ich mich nur so hereinlegen lassen. Der Arzt war also nur ein Lockmittel, um möglichst viele Frauen anzuziehen. Dass ich auf so einen Trick hereingefallen bin, dafür könnte ich mich gerade selbst ohrfeigen. Um sie aus der Reserve zu locken, frage ich sie deshalb ganz provokant:

„Sie werden mich also nicht dem Arzt aus der Anzeige vorstellen?"

„Nun ich glaube eher nicht. Sehen Sie, Sie sind eine gebildete Frau über 30 Jahren, die haben es am schwersten einen Partner zu finden."

„So, bin ich das?"

„Aber selbstverständlich, sie haben doch Touristik studiert, waren einige Jahre im Ausland, beherrschen mehrere Sprachen, wie ich ihren Fragebögen entnehmen kann."

Vielleicht bin ich gebildet, das hält mich aber nicht davon ab, im Leben ein Versager zu sein, wie ich jetzt wieder feststellen muss. Es lässt mir keine Ruhe und ich muss nachhaken, wahrscheinlich hat es nie diesen Arzt gegeben, den sie vermitteln könnte:

„Wenn ich gebildet bin, wie Sie sagen, warum würde der Arzt dann nicht zu mir passen? Außerdem würde ich gerne wissen, wieviel Vermittlungsgebühren Sie verlangen."

Weiterhin versucht Frau Kodnitz meiner Frage nach dem Arzt auszuweichen und rückt immer noch nicht mit der Sprache heraus:

„Wir leben zwar im Zeitalter der Emanzipation, aber wenn es um Beziehungen zwischen Mann und Frau geht, wollen Männer oft Frauen die weniger gebildet sind, als sie selbst. Die Frau sollte immer ein bis zwei Stufen unter dem Intellekt des Mannes sein, damit eine stabile Beziehung aufgebaut werden kann. Das haben viele Studien ergeben. Deshalb sind Frauen, die intelligent und im Beruf erfolgreich sind, oft diejenigen, die ohne Partner übrigbleiben. Aber es gibt noch Hoffnung, ich habe eine umfassende Kartei mit Herren, ich kann Ihnen da bestimmt behilflich sein. Da wären wir auch schon bei Ihrer zweiten Frage, ich habe hier für Sie eine Aufstellung, grundsätzlich bestehen unsere Verträge für mindestens ein Jahr, wenn sich nach dieser Zeit kein Erfolg eingestellt hat, verlängert sich der Vertrag automatisch."

Als ich einen Blick auf das Papier werfe und darin die Monatsbeiträge sehe, rechne ich mir schnell im Kopf zusammen, dass sich die Jahresgebühr im vierstelligen Bereich befindet. Das ist doch Ausbeutung! Wie kann man nur so viel Geld verlangen für eine Dienstleistung, die auf der Hoffnung der Menschen aufgebaut ist. Aber Angebot und Nachfrage regeln den Preis und der Single-Markt ist groß, das ist bestimmt für Alle, die finanziellen Nutzen davon haben, ein Riesengeschäft. Frau Kodnitz hat wahrscheinlich bemerkt, wie sich meine Miene verfinstert hat und fügt deshalb hinzu:

„Natürlich sind wir etwas teurer als die Partnervermittlungen im Internet. Wir haben jedoch den Vorteil, dass wir nur seriöse Kunden aufnehmen, die wirklich daran interessiert sind,

den Partner fürs Leben zu finden. Bei uns haben sich schon viele Paare gefunden und dann geheiratet. Was sich so im Internet herumtreibt, da finden sich viele Männer, die nur an einer kurzen Liaison interessiert sind. Sie können sich ein paar Tage Zeit nehmen. Wenn Sie sich für uns entscheiden, dann müssen wir nur noch ein paar Formalitäten klären und es kann sofort losgehen, ich werde Ihnen dann umgehend die Adresse und ein paar Daten von einem Herrn zukommen lassen."

Wie es der Höflichkeit entspricht, bedanke ich mich bei Frau Kodnitz für die Beratung und sie geleitet mich zur Tür. Während ich das Gartentor ihres Hauses hinter mir schließe, kommt die Erleuchtung. Es war vielleicht dumm von mir auf ihre Masche hereinzufallen, aber das Gespräch mit ihr bringt mich erst auf die Idee, mich über Internet-Partnervermittlungen kundig zu machen.

Zu Hause angekommen, setze ich mich unverzüglich an den Laptop und durchforste das World Wide Web nach Partnervermittlungen. Das Angebot ist überwältigend, wen wundert's. Die für mich Geeignetste suche ich mir aus und melde mich dort an, vom Preis her ist das im Internet meilenweit von dem Honorar für Frau Kodnitz entfernt, also habe ich dabei wenigstens nicht so viel Geld zu verlieren, wenn nichts daraus wird. Schier ewig dauert das Ausfüllen aller Fragebögen, im Prinzip sind es ganz ähnliche Fragen, wie ich sie schon heute Nachmittag bei Frau Kodnitz beantwortet habe. Zusätzlich muss ich hier noch Folgendes ausfüllen:

> Lieblingsfilme: Herr der Ringe, Fluch der
> Karibik, Dirty Dancing
> Musik-Genre: Rock, Pop, Klassik, Alternative
> Musikinstrumente, die Sie spielen: Keyboard, Gitarre
> Lieblingsfarbe: blau
> Lieblingsessen: Lasagne
> Sprachen: Deutsch, Englisch, Französisch, Spanisch

Sind Sie Raucher? Nein
Haben Sie Kinder? Nein
Sind Sie gesprächig? Ja
Neigen Sie dazu andere zu kritisieren? Ja
Entwickeln Sie gern neue Ideen? Ja
Sind sie tiefsinnig u. denken gern über Dinge nach? Ja
Kennen Sie sich gut in Musik, Kunst, Literatur aus? Ja

Nach der Anmeldung im Internet bin ich erst einmal von diesem Tag geschafft und gehe früher ins Bett als sonst. Mein Magen knurrt, ich bin so lange am Laptop gesessen, dass ich mein Abendessen vergessen habe. Nun bin ich aber zu faul, um aus dem Bett aufzustehen, ist auch besser so für meinen Diätplan. Gespannt darauf, wie Partnervermittlung übers Internet funktioniert, bekomme ich hoffentlich bald eine Antwort. Wenn es so läuft, wie auf der Website der Partnervermittlung beschrieben, erhalte ich nach Prüfung meines Persönlichkeitsprofils einen passenden Vermittlungsvorschlag. Mal sehen, ob ich dann einen Namen von einem Mann erhalte, der zu mir passt, oder ob sich einfach jemand bei mir meldet. Warten wir's mal ab. Dann merke ich wie meine Augen immer schwerer werden bis sie mir endgültig zufallen…

V.

ier Wochen ist praktisch nichts passiert. Wenigstens ist meine Diät endlich vorbei, ich habe so lange gelitten, dass ich zum Mittagessen einen Hamburger mit einer mittelgroßen Portion Pommes frites und zusätzlich ein großes Eis bestellt habe. Das durfte ich solange nicht essen, das muss jetzt einfach sein!

Nebenbei erzähle ich meiner Kollegin Jessica von meiner missglückten Diät, weil ich einige Tage nach der Diät fast wieder so viele Kilos zunahm, wie ich vorher mühsam weghungerte, eben der berüchtigte Jo-Jo-Effekt. Kein Wunder, dass Jessica auch ein wenig pikiert war, zumal ich die letzten Wochen ihre Nerven täglich im Büro mit meiner schlechten Laune strapazierte. Erstens war ich bisher während einer Diätphase immer schlecht gelaunt, zweitens schaltete sich die Partnervermittlung aus dem Netz bisher nur zweimal ein, um mir Profilseiten von zwei Männern ans Herz zu legen, die aber kein Interesse bekundeten. Dementsprechend niedergeschlagen war ich in letzter Zeit und habe meine Resignation an meinem Umfeld ausgelassen. Sensibel genug und nicht nachtragend, so wie Jessica ist, versucht sie mich auf andere Gedanken zu bringen:

„Weißt du, warum bin ich nicht gleich darauf gekommen? Martin, ein guter Bekannter von mir, arbeitet in einem Fitness-Studio und er ist der Meinung, ohne Sport geht gar nichts, Diäten allein bringen nicht viel."

Ungeachtet meiner Eisschlemmerei überredet mich Jessica Martins Studio bald aufzusuchen. Also nehme ich mir vor, doch wieder etwas Sport zu treiben. Wenn das nur nicht immer so anstrengend wäre!

Als wir nach unserer Mittagspause wieder zurück im Reisebüro sind, arbeite ich weiter an meiner Auflistung, schließlich bin ich bald unterwegs nach Venedig, um ein neues Hotel zu begutachten und dafür muss noch einiger Papierkram vorbereitet werden.

Routinemäßig, ohne Hoffnung auf Erfolg, sehe ich nach der Arbeit wieder auf der Internetseite der Partnervermittlung nach. Diesmal habe ich tatsächlich eine Nachricht in meinem Posteingang, von einem gewissen Björn. Nach so langer Zeit, in der ich ausgeharrt habe, ist dies der erste Kontakt, der durch das Eingreifen der Internet-Partnervermittlung zustande kommt. Ich kann es kaum erwarten auf die E-Mail zu klicken. Björn schreibt:

Hallo Rebecca,

ich bin Björn und arbeite als Informatiker in einer bekannten Firma. In deinem Profil habe ich gesehen, dass wir gar nicht weit voneinander weg wohnen. Hier in der Gegend habe ich ein gutes italienisches Restaurant gefunden. Was hältst du davon, wenn wir dort Essen gehen und uns näher kennenlernen?

Viele Grüße
Björn

Nach ein paar Mails steht die Verabredung für Freitagabend und ich bereite mich darauf vor.

Vor dem Italiener musste ich zum Glück nur kurz warten, denn Björn kam pünktlich an. Zielstrebig lief er auf mich zu und stellte sich vor, denn schließlich war ich die Einzige, die vor dem Restaurant wartete, folglich musste ich sein Date sein. Nachdem wir uns zurückhaltend per Handschlag begrüßt haben, gehen wir in das *Ristorante*, der Kellner führt uns zu einem Tisch mit zwei Gedecken. Zunächst sind wir in die Speisekarte vertieft, dann kommt der Kellner wieder und wir bestellen beide Pizza. Kaum ist dieser verschwunden, holt Björn seine zwei Laptops aus der Tasche, stellt sie auf den Tisch und sieht nicht einmal zu mir auf, während er erklärt:

„Ich habe heute Abend noch Bereitschaft. Wenn es dich nicht stört, muss ich eventuell noch nebenher arbeiten, aber nur, wenn es Probleme gibt. So kann ich dir auch ein bisschen zeigen, wie meine Arbeit aussieht."

Anschließend dreht er einen der beiden Laptops zu mir herum und zeigt mir begeistert irgendwelche Tabellen und Programme, dabei redet er immer weiter in seinem Fachchinesisch auf mich ein. Leider verstehe ich davon nicht sehr viel, aber wahrscheinlich würde ich mir als seine Freundin noch viel davon anhören müssen. Etwas später wird endlich die Pizza serviert. Nun nehme ich an, dass er die Laptops endlich wegpackt, aber weit gefehlt, er schiebt sie nur etwas weiter in die Mitte des Tisches, sodass ich immer noch über den großen Laptop hinwegsehen muss, um Björn zu erspähen. Unterdessen stelle ich ihm ein paar Fragen zu seinen Hobbys, die er nur zögernd beantwortet. Erst als wir schon mit der Pizza fertig sind, kommt so etwas wie ein Gespräch zustande und er beschreibt seinen Alltag. Plötzlich überrascht uns der Kellner mit der Rechnung:

„Ich bedauere, wir schließen heute schon früher, wir fangen mit Renovierungsarbeiten an und müssen heute Abend noch das Mobiliar aufräumen, Sie haben unser Schild an der Tür gesehen? Zahlen sie zusammen oder getrennt?"

Natürlich hat keiner von uns beiden den Hinweis an der Tür gesehen, aber wir sind ja sowieso schon fertig mit dem Essen.

Abwartend sehe ich Björn an, darauf teilt er dem Kellner mit:

„Getrennt bitte!"

Verdutzt suche ich meine Handtasche, während unser Kellner gekonnt und ganz schnell jedem von uns eine eigene Rechnung schreibt. Zuerst zahle ich meinen Teil der Rechnung, anschließend Björn den Rest. Davon ausgehend, dass er mich zum Essen eingeladen hat und dementsprechend die Rechnung begleicht, erstaunt mich sein Verhalten schon, schließlich war das Essen auch nicht besonders teuer. Wenn wir ein nobles Restaurant besucht hätten, dann hätte ich verstehen können, dass er die Rechnung nicht allein zahlen will. Björn scheint ziemlich geizig zu sein, oder findet er mich so unattraktiv, dass er nicht mal ein Essen zahlen will? Nebenbei bemerkt ist er vom Aussehen auch nicht gerade das, was eine Frau anziehend finden würde. Nachdem wir die Pizzeria verlassen, begleitet er mich noch bis zur S-Bahn-Haltestelle. Björn scheint jetzt langsam aufzutauen:

„Wenn du mich mal zu Hause besuchst, dann darfst du nicht erschrecken, es sieht in dem Haus, in dem ich wohne, schon im Hausflur schrecklich vergammelt aus und meine Wohnung ist auch ziemlich klein. Das ist so gar nichts für eine Frau. Mir ist schon klar, wenn wir beide bald zusammen sind, dann werde ich mir schnellstmöglich eine andere Wohnung suchen."

Angesichts dieser Aussage bin ich völlig verwirrt, er ist nicht dazu bereit die Rechnung im Restaurant zu zahlen und dann spricht er davon mit mir eine Beziehung einzugehen, das passt doch überhaupt nicht zusammen. Letztendlich mag er mich also doch ein wenig. Daraus kann ich nur schließen, dass er ein Pfennigfuchser sein muss. An der Haltestelle angekommen, setzt er mich dann unter Druck:

„Wann sehen wir uns wieder? Ich will auf jeden Fall ein zweites Date mit dir. Am besten machen wir gleich etwas aus. Ich habe das schon erlebt, wenn man nicht gleich eine neue Verabredung trifft, dann sieht man sich nie wieder. Wann hast du wieder Zeit? Ich lasse dich jetzt nicht gehen, bevor wir ein zweites Date vereinbaren."

Einerseits ist es schön, dass er plötzlich so viel Interesse an mir zeigt, andererseits empfinde ich es schon aufdringlich. Um ihn erst mal loszuwerden, verspreche ich ihm, am Samstag nachdem ich aus Venedig zurück bin, noch mal mit ihm auszugehen. Zufrieden verabschiedet er sich von mir per Handschlag, so wie schon bei unserer Begrüßung. Aus dem Kerl werde ich einfach nicht schlau, mal ist er schüchtern und dann wieder fordernd. Danach steige ich eilig in meine Bahn, besonders der Abschluss des Abends war doch recht sonderbar. Obwohl Björn mir nicht unsympathisch war, fand ich seine Aussagen und sein Verhalten merkwürdig. Vor allem sein geiziges Verhalten missfällt mir, schon allein aus diesem Grund würde ich ein weiteres Date mit ihm ausschließen. Insofern hatte er wohl Recht, wenn er mich nicht dazu genötigt hätte, wäre eine weitere Verabredung mit ihm wohl nicht zustande gekommen.

VI.

Nach der Landung auf dem Acroporto Marco Polo di Venezia, rufe ich meine Kollegin Patrizia in dem erst kürzlich eröffneten venezianischen Hotel an, das wir beide die nächsten Tage katalogisieren sollen, denn eigentlich hat sie mich erst einen Flug später erwartet. Schnell ist vereinbart, dass wir uns draußen am Eingang des Flughafens treffen.

Patrizia erwartet mich schon, als ich später die Flughafenhalle verlasse und bringt mich zum Wassertaxi, das sie bestellt hat. Venedig ist bekanntlich autofrei, folglich ist das Boot der schnellste Weg zum Hotel. Patrizia, die in einem Reisebüro in Süditalien angestellt ist, welches mit meinem Reisebüro zusammenarbeitet, fasst mir kurz den morgigen Tagesablauf zusammen. Glücklicherweise kündigt sie mir an, Venedigs Sehenswürdigkeiten zu zeigen, denn ich bin zum ersten Mal in Venedig. Das mag ich an meinem Job am Meisten, ich sehe so viel von der Welt, so wie ich mir das immer gewünscht hatte. Allein die Fahrt zum Hotel über den Canal Grande überwältigt mich schon, die nächsten 2 Tage werden bestimmt herrlich sein. Auf der Fahrt mit dem Wassertaxi passieren wir den Palazzo Vendramin. Die Fenster dieses Palastes sind in hohen Bögen geschwungen. Patrizia unterstreicht, dass schon Richard Wagner hier im Palazzo Vendramin den „Parsifal" geschaffen habe. Das Boot gleitet weiter über den Canal Grande am Palast d Oro vorbei, der aus polychromem Marmor verkleidet und mit Ultramarin bemalt ist, welches schon zum Teil verblasst, wie mir meine persönliche Reisebegleiterin versichert. Patrizia lädt mich ein, morgen Nachmittag das Museum im soeben beschriebenen Palast zu besuchen, dort könne man

33

venezianische Kunstgegenstände von der Gotik bis zum Barock betrachten. Mit gemäßigtem Tempo fahren wir unter der Rialto Brücke hindurch und nun wird offenkundig, warum die Rialto Brücke so berühmt ist, sie hat wunderschön geschwungene Bögen und sieht eher wie ein Gebäude mit hohen Fenstern aus als eine gewöhnliche Brücke. Die Accademia, die Galerie der Schönen Künste befindet sich ganz in der Nähe meines Hotels, dort steigen wir aus dem Boot. Im Hotel angekommen, gehe ich bald zu Bett, um morgen möglichst ausgeschlafen den aufregenden Tag zu beginnen.

Den ganzen Vormittag verbringe ich damit, die verschiedenen Punkte auf meiner Liste zu vervollständigen. Dabei beurteile ich die Ausstattung der Hotelzimmer ebenso wie den Service durch das Personal. Schier unendlich scheint die Liste, es dauert doch immer länger, als man denkt, sie auszufüllen, obwohl ich noch so viel von Venedig sehen will. Zugleich ist das auch ein Bestandteil meiner Arbeit, bei einem Reiseangebot für meine Kunden beiläufig die wichtigsten Sehenswürdigkeiten zu erwähnen. Plötzlich klopft es an der Tür, ich schrecke hoch, weil ich gerade so vertieft in meine Arbeit war. Schnell renne ich zur Tür und lasse Patrizia herein. Nach eingehender Prüfung kommen wir beide zu dem Schluss, dass wir das Hotel gutheißen. Zweifellos bin ich mit dem Papierkram noch nicht fertig und vielleicht fällt mir bis zu meiner Abreise noch etwas ins Auge, aber für den Augenblick lege ich die Liste auf die Seite und wir brechen auf.

Nur ein paar Minuten von unserem Hotel entfernt schlendere ich mit Patrizia Richtung Markusplatz, der als einziger Platz in Venedig Piazza genannt wird, alle anderen Plätze werden „campi" genannt, beteuert mir Patrizia. Soeben kommen wir über den napoleonischen Flügel, er wurde unter Napoleon I. erbaut und betreten den Markusplatz. Angesichts der Gebäude, die ihn umschließen, die Prokuratien, ehemalige

Verwaltungsgebäude der Stadt erscheint er mir doch recht groß. Sofort fällt mein Blick auf die Basilica di San Marco, den Markusdom. Überall auf dem Platz fliegen Tauben herum, trotz dem Verbot, die Tauben zu füttern, wie mir Patrizia achselzuckend zu verstehen gibt. Außerdem bedauert sie:

„Der Markusplatz wird bei Hochwasser immer wieder überflutet, weil er nur wenig über dem Meeresspiegel liegt. Gegenüber befindet sich das älteste Café Europas, das caffee Florian, das 1683 eröffnet wurde."

Patrizia schüttelt den Kopf, denn sie scheint meine Gedanken erraten zu haben:

„Du brauchst gar nicht daran zu denken, dort einen Kaffee trinken zu wollen, zu den hohen Preisen kommt auch noch ein Zuschlag für die Musiker!"

Den Markusplatz in südlicher Richtung am Wasser entlang verlassend, folge ich Patrizia weiter durch einige enge Gassen. Dabei fällt mir auf, dass dort manchmal blaue und manchmal rote Briefkästen stehen und ich muss mich wieder an Patrizia wenden. Diese erklärt mir:

„Nun ich weiß auch nicht, wer sich das ausgedacht hat, die blauen Briefkästen sind für Briefe, die innerhalb Italiens verschickt werden und die roten fürs Ausland."

Das ist ja lustig, nur sollten die Touristen vielleicht wissen, wenn sie eine schöne Karte aus Venedig schreiben, dass sie dafür die roten Briefkästen verwenden müssen. Schmunzelnd stelle ich mir gerade vor, wie im Postamt in Venedig jemand stundenlang dasitzt und die Briefe richtig sortiert, weil sie in die falschen Briefkästen geworfen wurden! Als wir durch den öffentlichen Garten spazieren, hole ich einmal tief Luft, nach den engen Gassen ist hier für venezianische Verhältnisse viel Platz und vor allem Grün. Mittendrin in der Allee von Bäumen befindet sich ein kleiner Springbrunnen, für einen Augenblick verweilen wir dort, Patrizia kühlt ihre Füße am

Brunnen. Am Ende der Allee blicken wir auf die Lagune von Venedig. Es ist schon fast dunkel als sich am Horizont der Himmel von der untergehenden Sonne rot färbt. Auf das Meer hinausblickend kommt sogleich diese Traurigkeit zurück, die mich in solchen Momenten oft ergreift. Jetzt wünschte ich, mit einem Partner hier zu sein.

Am nächsten Abend, nachdem wir mit dem Kontrollgang und der Beurteilung des Hotels fertig sind, was uns fast den ganzen Tag gekostet hat, steht Patrizia mit einem Kostüm vor meiner Tür. Der letzte Abend in Venedig soll etwas Besonderes werden. Von Anfang an war ich schon begeistert, als ich von meinem Chef erfuhr während des venezianischen Karnevals hier zu sein. Dank Patrizia bin ich obendrein zu einem extravaganten *Maskenball* eingeladen, wie sie das geschafft hat, weiß ich immer noch nicht. Mit dem geliehenen Kostüm hat sie genau meinen Geschmack getroffen, es ist ein langes königsblaues Kleid aus Samt, das in der Mitte ein Muster mit silber-blauen Applikationen enthält. Unabhängig davon, dass ich nicht mal wüsste, wie ich dieses barocke Kleid anziehen soll, ist Patrizia stets behilflich an meiner Seite. Von hinten ist das Kostüm mit einem breiten Fächer ausgestattet und zeigt wieder das schöne Blattmuster wie vorne. Dazu gibt es eine passende weiße Halbmaske, alles vom Verleih von dem Patrizia unsere beiden Kostüme geholt hat. Patrizia trägt ein rotes Kleid mit einer goldenen Maske. Vor dem Spiegel traue ich meinen Augen kaum, ich fühle mich in eine andere Zeit versetzt. Dabei kann ich nicht nachvollziehen, warum Napoleon den Karneval in Venedig verboten hatte und danach fast 200 Jahre kein Karneval mehr gefeiert wurde, dieses Detail fällt mir gerade dazu ein, ich habe es im Zuge meiner Vorbereitungen auf die Reise gelesen.

Patrizia hat uns eine Gondel organisiert. Nun mit diesem Kleid könnte ich wohl auch nicht weit laufen, es ist sehr schwer und mit dem Reifrock unten recht ausschweifend. Die kleinen Brücken, unter denen wir mit der Gondel hindurch fahren, werden von verschieden kostümierten Venezianern mit ihren wunderschönen Masken überquert. Man hört sie Italienisch schwatzen und lachen. Dann wird es wieder unheimlich leise und dunkel um die Gondel herum, während wir uns durch enge Kanäle zwängen; da läuft es mir eiskalt den Rücken herunter. Als wir am Dogenpalast vorbei und unter der Seufzerbrücke hindurch fahren, klärt mich Patrizia auf:

„Die Seufzerbrücke (ponte dei sospiri) erhielt diesen Namen, weil die Verurteilten vom Gefängnis zur Exekution über diese Brücke geführt wurden. Sie hatten das letzte Mal die Gelegenheit das Meer und damit die Freiheit zu sehen und man nahm an, dass sie dabei einen letzten Seufzer ausstießen."

Da fällt mir ein, dass in Frankfurt auch eine Seufzerbrücke steht, die nach dem Vorbild in Venedig benannt wurde, allerdings handelte es sich dabei nicht um ein Gefängnis, sondern man beschwerte sich im Mittelalter über die hohen Abgaben, die zu leisten waren.

Dadurch, dass uns der Gondoliere direkt vor den Ort des Geschehens gefahren hat, können Patrizia und ich gleich die paar Stufen hoch durch das Eingangstor schreiten. Nachdem wir unsere Mäntel an der Garderobe abgegeben haben, betreten wir den Ballsaal mit seinen großen Kronleuchtern an der hohen Decke und seitlich an der Wand hängenden Kerzenständern. Einige Leute, die in Grüppchen zusammen stehen drehen sich um und begrüßen uns, dabei stellt mich Patrizia kurz vor. Nicht mal annähernd so schön hatte ich es mir ausgemalt, all die eleganten Gewänder, der prunkvoll geschmückte Saal und dieses Geheimnisvolle bringen mich zum Staunen. Die Masken unterstreichen dieses Geheimnis, denn sie lassen die Stimmung der Menschen, die dahinterstecken, nicht erahnen. Ist der Mensch traurig, fröhlich oder lacht er mich etwa gerade aus? Keine Regung zeigt sich, das ist sehr spannend aber auch unheimlich zugleich, wenn man nicht in den Gesichtern „lesen" kann. Manche tragen volle Masken, Andere nur Halbmasken. Erst wenn etwas fehlt, merkt man den Unterschied, so wie in diesem Fall, weil durch die Masken das Einschätzen des Gegenübers durch Interpretation der Mimik komplett ausbleibt.

Später, nachdem sich Patrizia lange mit einer Bekannten unterhielt (verständlicherweise hat sie nur kurz zwischendurch ein paar Zeilen übersetzt) und diese endlich abgezogen war, kann ich von Patrizia in Erfahrung bringen, ob sie den Mann kennt, der mir schon den ganzen Abend aufgefallen war. Der Unbekannte trägt ein schwarzes Kostüm mit einem schwarzen langen Umhang und einem dreieckigen Hut, dazu eine weiße Maske. Dabei kommt es mir vor, als wäre er Casanova höchstpersönlich, also so stelle ich mir vor, könnte ein Casanova zumindest aussehen. Patrizia bedauert:

„Ich weiß nicht, wer er ist, aber das ist der Vorteil der Masken, so kann jeder unerkannt tun, was er will."
Sie lächelt verschmitzt und fügt hinzu:

„Und falls du dich gefragt hast, es gibt sie wirklich, diese dekadenten Kreise, in denen Geheimtreffen stattfinden, wo sie sich hinter ihren Masken verstecken können, du weißt schon, was ich meine. Dort ist alles erlaubt."

Dann verschwindet sie, um uns noch Champagner zu holen. In dem Augenblick streckt mir jemand eine Rose unter die Nase. Flugs drehe ich mich um und sehe „meinen" Casanova. Während er mir die rote Rose mit einer angedeuteten Verbeugung übergibt, beugt er sich so weit nach vorne, dass er mir etwas ins Ohr hauchen kann. Leider bin ich der Landessprache nicht mächtig und Patrizia ist genau in diesem Moment nicht da, aber vielleicht hat er nur darauf gewartet, mich allein zu erwischen, so bin ich seinem Charme hilflos ausgeliefert. Als er merkt, dass ich ihn nicht verstehe, zeigt er auf die Tanzfläche und bietet mir seine Hand an. In diesem Moment steigt mir die Röte ins Gesicht, ich fühle wie meine Wangen glühen. Das Kleid, das vorher so schwer war, scheint jetzt federleicht und ich schwebe mit ihm über das Parkett. Obwohl ich noch nie zu dieser Art von Musik getanzt habe, ergeben sich die Schritte von selbst, weil er die Gabe hat, eine Frau gut zu führen. Mittlerweile sind zwei oder sogar drei Tänze vergangen (ich kann es nicht genau sagen, für mich ist die Zeit stehengeblieben), als er mich wieder dorthin zurückbegleitet, wo ich vorher stand. Casanova schaut mir tief in die Augen. Dann gibt er mir einen flüchtigen Kuss auf den Mund und flüstert in mein Ohr:

„*Ciao Bella, …*"

Den Rest verstehe ich wieder nicht und er ist genauso schnell verschwunden, wie er gekommen war. Oh, in diesem Moment hätte ich alles dafür gegeben, wenn ich Italienisch könnte. Am Schluss hat er mir eine Frage gestellt, aber welche? Schon der Klang seiner Stimme war wundervoll, wenn ich doch nur den Inhalt verstanden hätte.

Ist das wirklich geschehen oder war das nur ein Traum? Es war kein Traum, sonst würde mich Patricia, die inzwischen mit einem Glas Champagner für mich wieder eingetroffen ist, nicht fragen, mit wem ich da getanzt habe. Umgehend fasse ich den Entschluss, als nächste Sprache Italienisch zu lernen. Zugegebenermaßen sollte ich eher durch meinen Beruf Interesse entwickeln, neue Sprachen zu lernen, aber ich finde, das ist doch auch ein schöner Grund! Unterdessen nehme ich eine Nase voll von dem Duft der Rose, die ich noch immer festumklammert in meiner Hand halte. Ob ich ihn wohl jemals wiedersehe? Dabei weiß ich noch nicht mal seinen Namen, selbst sein Gesicht blieb unerkannt hinter der Maske. Er ist Italiener, soviel steht schon mal fest, aber das ist auch das Einzige, das ich weiß. Wie soll ich ihn finden? Oder wird er vielleicht nach mir suchen? Ach, ich muss aufhören zu träumen, ich bin eben eine hoffnungslose Romantikerin. Aber es führt kein Weg dran vorbei, ich muss mich der Realität stellen. Casanova ist mit dieser Masche wahrscheinlich die ganze Nacht unterwegs, ist Patrizias Meinung. Ein Funken Hoffnung bleibt, aber morgen reise ich schon ab, also werde ich ihn wohl nie wiedersehen. Vielleicht wäre Casanova nicht so schnell verschwunden, hätten wir uns unterhalten können. Wahrscheinlich hat er auch nicht damit gerechnet, dass ich eine Touristin aus dem Ausland bin, denn soweit ich weiß, waren nur Italiener eingeladen, ich war also mithilfe von Patrizia hier die Ausnahme.

Nachdem auch Patrizia mit zwei Herren getanzt hat, machen wir uns auf den Weg zur nächsten Gondel. Diesmal ist es richtig kalt geworden und ich decke mich bis zum Hals mit meinem Mantel zu, weil das Kleid doch ein weit ausgeschnittenes Dekolleté hat. Über dem Kanal ist es neblig, deshalb erschrecke ich, als ein maskierter Mann wie aus dem Nichts am schmalen Weg entlang des Kanals erscheint.

Eine Viertelstunde später sitze ich auf dem Hotelzimmerbett und mir kommt das eben Erlebte wie eine Fantasie vor, nur mein blaues Kleid zeugt von den vergangenen Stunden. Mein Herz rast noch immer, beim Öffnen des Fensters kommt ein kühles Lüftchen ins Zimmer. Die Nacht ist dunkel, trotzdem sind keine Sterne zu sehen, nur ab und zu blinzelt ein Sternenlicht durch die vorbeiziehenden Wolken. Der Blick auf die enge Gasse vor dem Hotel und die vereinzelten Lichter an den Fenstern gegenüber fügen sich perfekt in meine Stimmung ein, mich in einer anderen Zeit mitten im Barock zu befinden.

Am nächsten Morgen gebe ich das Kleid Patrizia zurück, damit sie es wieder zum Kostümverleih zurückbringen kann. Schweren Herzens trenne ich mich davon, am liebsten hätte ich es mit nach Frankfurt genommen, um mich immer an diesen Abend zu erinnern und einen Beweis zu haben, dass er wirklich stattgefunden hat. Diesmal steige ich ohne sie ins Wasser-Taxi zum Flughafen, jetzt kenne ich mich aus, wie das läuft. Patrizia verspricht mir, dass wir nächste Woche am Dienstag von unseren Reisebüros aus telefonieren, um uns nochmal über die Hotelbewertung auszutauschen und winkt mir nach, als das Boot ablegt. Bestimmt hätten wir sehr gute Freundinnen werden können, wenn wir nicht so weit voneinander entfernt wohnen würden. Auf jeden Fall werden wir uns bei meinem nächsten Italienaufenthalt wieder wie vereinbart treffen und über die sozialen Netzwerke in Verbindung bleiben.

anz aufgeregt berichte ich Jessica, kaum auf der Arbeit angekommen, von den jüngsten Ereignissen in Venedig. Sie schaut mich dabei ganz neidisch mit hochgezogenen Augenbrauen und offenem Mund an und klagt dann:

„Siehst du, dein Leben ist so spannend! Wenn mir das mal passieren würde. Mich schickt der Chef nicht auf Reisen, ich habe ja schließlich eine kleine Tochter. Versteh' mich bitte nicht falsch, ich bin sehr froh über meine Familie und würde sie um nichts in der Welt hergeben. Aber das ist schon unglaublich, wo du überall hinreisen kannst und wieviel du erlebst. Genieße deine Freiheit so lange du noch keine Kinder hast!"

Und ob ich das tue, das sind schließlich die Highlights im Single-Leben, die leider viel zu selten stattfinden, daneben gibt es dann die 300 anderen Tage im Jahr, an denen man sich alleine fühlt.

Abends setze ich mich aufs Sofa und lege die neue CD ein, die ich mir in der Mittagspause gekauft habe, sie hat den Titel „Italienisch für Anfänger". Dabei spreche ich den Text so langsam nach, dass es sich auch bei mir ein wenig anhört wie bei einer Italienerin. Den melodischen Klang der Sprache habe ich in Venedig förmlich eingesogen. Trotz der richtigen Aussprache muss ich immer wieder im Buch die Bedeutung der Sätze nachlesen, auch noch nach der 20. Wiederholung, deshalb sehe ich jetzt schon die vielen Stunden Vokabeln lernen vor mir. Der Anfang ist schon mal gemacht, aber man muss auch stets dranbleiben, um den Vorsatz, eine Sprache zu lernen, auch wirklich in die Tat umzusetzen. „Je älter man wird, umso langsamer lernt man eine Sprache!", heute bewahrheitet sich diese Prophezeiung meiner ehemaligen Grundschullehrerin, nur habe ich es ihr damals natürlich nicht abgekauft, weil ich dachte es wäre nur ein Trick von ihr, die Schüler dazu zu animieren, Französisch zu lernen. Die Stereoanlage ist laut eingestellt, sodass ich das Telefon kaum wahrnehme, als es klingelt. Schnell drücke ich auf den Pausenknopf am Abspielgerät und bin überrascht, als sich Martina meldet, die ich im Zug nach Hamburg kennenlernte. Ihre Stimme klingt ziemlich kurzatmig, als sie nach jedem Satz wieder tief Luft holt:

„Ich bin völlig durcheinander, es ist zwar schon eine Woche her, ich kann trotzdem noch keinen klaren Gedanken fassen. Mein Freund hat mich verlassen. Ich habe dir ja schon damals erzählt, wie schwierig die Situation ist und dabei muss ich mich doch schnell wieder aufrappeln, denn in drei Wochen habe ich meine Prüfungen an der Uni. Warum muss das ausgerechnet jetzt passieren, das ist ein sehr ungünstiger Zeitpunkt. Ich dachte immer, dass wir ewig zusammen bleiben würden und jetzt sowas. Die letzten Wochen hatte ich wegen dem Prüfungsstress fast kein Wochenende mehr Zeit zu ihm zu fahren. Wir haben uns kaum gesehen und immer öfter deswegen am Telefon gestritten. Irgendwann wollte er nicht mehr, dass es so weitergeht, er fand das alles zu kompliziert."

Geduldig wartete ich bis sie zu Ende erzählte und sich zwischendurch zweimal schnäuzte, weil sie es nicht mehr zurückhalten konnte zu weinen. Deshalb starte ich den Versuch sie zu trösten:

„Er hätte mehr Verständnis für dich haben müssen, schließlich sind deine Prüfungen auch bald vorbei, dann hättet ihr euch wieder öfter sehen können. Es gibt noch genügend andere Männer da draußen, jetzt bloß nicht den Kopf hängen lassen! Und versuche so schnell wie möglich, ihn zu vergessen! Das klingt hart, aber sonst wirst du deine Prüfungen nicht be-

stehen. Versuche dich auf das Lernen zu konzentrieren, das hilft auch beim Vergessen."

„Ja das sollte ich. Ich kann ihn aber nicht vergessen, obwohl ich allen Grund dazu hätte, ihn zu hassen. Stell dir vor, er hat am Telefon mit mir Schluss gemacht, einfach so nach einer jahrelangen Beziehung, das ist so verletzend. Einerseits bin ich wütend auf ihn, andererseits noch viel mehr auf mich selbst, dass ich ihm meine besten Jahre geschenkt habe, wo ich noch jung und hübsch war. Manchmal bin ich wütend, manchmal traurig und tief verletzt sowieso. Wie soll ich da Lernen und einen klaren Gedanken fassen?"

Während des Telefonats beschwichtige ich sie weiter, den Blick nach vorn zu richten und die Vergangenheit ruhen zu lassen, damit sie nach der Beziehung nicht auch noch ohne Abschluss dasteht. Außerdem verspreche ich ihr in den nächsten Tagen öfter mit ihr einen Kaffee trinken zu gehen, denn Ablenkung ist jetzt das wichtigste in dieser Situation. Da spreche ich leider aus Erfahrung. Aus Mitleid werde ich mein Bestes geben, sie von den Gedanken an ihren Ex-Freund loszureißen, wobei ich kaum hoffen kann, dass sie in ein paar Tagen das Lied „Liebeskummer lohnt sich nicht, my Darling, schade um die Tränen in der Nacht…" trällert.

ndlich nähert sich der Abend des zweiten Dates mit Björn. Diesmal haben wir uns darauf geeinigt, ins Kino zu gehen. Den Film durfte ich wählen, dafür hat er die Reservierung der Karten übernommen. Man kann nicht behaupten, dass ich darauf brenne, Björn wiederzusehen, aber ich habe ihm ein zweites Treffen vor meiner Abreise nach Venedig zugesichert und werde dann erleichtert sein, wenn ich diesen Punkt als erledigt von meiner To-Do-Liste streichen kann.

An einem der acht geöffneten Kinoschalter kann ich Björn erspähen und geselle mich zu ihm. Als wir dann an der Reihe sind, zeigt sich wieder sein Geiz (wie schon bei unserem ersten Date), ich sehe mich also gezwungen meine Karte selbst zu zahlen und später darf ich auch das Popcorn und mein Getränk aus eigener Tasche bezahlen. Seine Kleinlichkeit könnte mir fast den Abend verderben, aber ich habe mich schon so lange darauf gefreut diesen Liebesfilm zu sehen, weil er mit Auszeichnungen quasi überhäuft wurde.

Nach dem Eisverkauf und der Werbung wird es im Kinosaal dunkel, sodass es endlich mit der Titelmelodie und den Namen der Hauptdarsteller losgehen kann. Daraufhin bin ich so ins Geschehen vertieft, dass ich meinen Sitznachbar völlig vergessen habe. Irgendwann fällt mir auf, dass wir immer abwechselnd in die Popcorntüte (die ich bezahlt habe) greifen, die sich zwischen Björn und mir auf der Sitzlehne befindet. Eigentlich will ich nach einer Weile gar kein Popcorn mehr (ich muss doch auf meine Figur achten), aber ich hoffe, dass sich unsere Hände schließlich in der Tüte treffen. Derartig in der Popcorntüte verharrend, ergibt sich auch nach langem Abwarten nichts, es scheint fast so, als ob Björn meiner Hand ausweicht und bewusst danebengreift. Bei der zweiten Verabredung erwarte ich kaum einen Kuss, aber eine Berührung wäre schon aufschlussreich, damit ich merke, ob er mich mag. Mit dem Ende des Films gehen dann die Lichter im Saal wieder an und Björn hat seine Chance auf einen Annäherungsversuch verpasst. Da dieser ausblieb, bin ich doch ein wenig enttäuscht. Jeder normale Mann würde bei einer attraktiven Frau im Kino einen Annäherungsversuch starten, also stimmt entweder mit ihm oder mit mir etwas nicht. Trotzdem warte ich noch den Rest des Abends ab, schließlich bin ich ein geduldiger Mensch.

Björn schlägt vor, den Abend in einer Bar ausklingen zu lassen. Die Suche nach einer Bar entpuppt sich jedoch als Odyssee. Die meisten Lokale sind schon ziemlich voll (es ist Samstagnacht), oder die Musik ist zu laut, um sich unterhalten zu können. Björn marschiert mit einem ziemlichen Tempo von einer Bar zur nächsten, dabei ist es ihm völlig gleichgültig, dass ich immer zwei Schritte hinter ihm her hetzen muss. Der hat wohl noch nichts von spazieren gehen gehört! Ausgerechnet heute habe ich meine neuen Schuhe mit den hohen Absätzen angezogen, ich konnte doch vorher nicht ahnen, dass ich durch die halbe Stadt gejagt werde. Morgen habe ich sicherlich Blasen an den Füßen! Inzwischen ist es mir auch völlig gleichgültig, welche Bar wir nehmen, Hauptsache ich muss nicht mehr weiterlaufen. Deswegen lotse ich ihn geschickt in die nächste Bar, an der wir vorbeikommen.

So, endlich durchatmen und bei einem Glas Wein gemütlich plaudern, dachte ich eben noch, doch dann kommt das anstrengende Thema Politik. Zunächst gehe ich darauf ein, aber schon nach kurzer Zeit würde ich gerne das Thema wechseln. Genau das ist aber das Problem, Björn hat sich nun erst richtig hineingesteigert. Nach dem schönen Film eben habe ich aber keine Lust, weiter über Politik zu diskutieren. Daher bitte ich den Kellner um die Rechnung, zahle wie schon den ganzen Abend selbst und mache ihm damit verständlich, dass für mich das Date hier beendet ist. Just heute Abend habe ich mein Auto zu Hause gelassen und bin mit der S-Bahn gefahren, weil ich davon ausging, er würde mich nach dem Kino nach Hause bringen, doch wie sich herausstellt, besitzt er kein Auto. Björn begleitet mich noch bis zur S-Bahn-Haltestelle, ich lasse ihn gewähren, denn es ist immer besser nachts in Begleitung herumzulaufen, so werde ich wenigstens nicht von irgendwelchen Betrunkenen belästigt. Bevor ich in meine Bahn einsteige, fragt er mich diesmal zum Glück nicht nach einem weiteren Date. Kurz angebunden verabschiede ich mich und flüchte in die Bahn, bevor mir Björn noch irgendwelche Fragen stellen kann.

Am nächsten Arbeitstag im Reisebüro erwähne ich vor Jessica und meinem Kollegen Stefan den Kinofilm und sehe mich dann gezwungen, auch über den Verlauf des Abends Bericht zu erstatten. Danach fängt Stefan an zu lachen:

„Du hast ihn doch nicht wirklich in einen Liebesfilm geschleppt? Das kannst du beim zweiten Date nun wirklich nicht bringen. Ich verstehe das sowieso nicht, warum ihr Frauen euch diese schnulzigen Märchen ansehen müsst, davon wird einem ja schon fast schlecht."

„Eigentlich, weil ich wollte, dass er mehr auf mich zugeht und ich dachte, er versteht, was ich ihm damit sagen wollte", gebe ich ihm zu verstehen.

Stefan erklärt mir meinen Irrtum:

„Damit, meine Liebe, hast du ihn erst in die Flucht geschlagen und er ist vorsichtiger geworden. Aber warum wolltest du den Film überhaupt sehen? War er wirklich so gut?"

„Ja der Film war toll, ich wollte ihn unbedingt mal sehen. Vielleicht hätte ich den Film doch lieber mit einer Freundin ansehen sollen."

Stefan hatte mich zum Nachdenken gebracht, warum wollen wir Frauen wirklich diese unrealistischen Liebesfilme sehen. Ich glaube einfach, weil in jeder noch so selbständigen, unabhängigen Frau, dieses kleine Mädchen steckt, dass von dem Prinzen träumt, der sie vor allen Gefahren beschützt und immer für sie da ist. In Liebesfilmen spiegelt sich diese Sehnsucht, die wir mit den Protagonisten ausleben können, wenn uns auch im echten Leben ein Happy End verwehrt bleibt. Da stellt sich überhaupt die Frage, ob die große Liebe, nach der wir alle suchen, wirklich existiert. Oder ist sie nur ein Produkt aus den Medien, die mit den Gefühlen und Sehnsüchten der Menschen Profit machen? Was ist, wenn uns die große Liebe nur vorgespielt wird, wie so manch andere Zeitungsente. Wir suchen also immer weiter nach dem einen richtigen Partner, aber ziehen wir nicht auch viele Erkenntnisse aus vergangenen Beziehungen? Jeder Mensch der uns begegnet, verändert unser Leben. In der heutigen schnelllebigen Zeit, muss man sich schon fragen, ob es die Liebe für den einen Partner gibt, die ein Leben lang hält.

ina lag mir schon seit Wochen wegen Thorsten in den Ohren, der, wie sie meinte, sehr gut zu mir passen würde. Da ich aber nicht weiß, ob er überhaupt daran interessiert ist, jemand kennenzulernen, habe ich Tina gebeten, sich um die Vereinbarung eines Treffens zu kümmern. Heute ist der große Tag, Tina hatte die Idee, dass unser Date in der Oper stattfinden soll. Inzwischen bin ich schon sehr gespannt auf ihn, weil Tina mir nur Positives über ihn berichtet hat. Außerdem hat sie mir Fotos von ihm gezeigt, damit ich ihn gleich erkenne. Es ist schon lange her, dass ich in einer Oper oder Operette war, und ich freue mich sehr darauf, vor allem wenn ich mit einem Begleiter hingehen kann. Zu diesem besonderen Anlass ziehe ich mein schwarzes, langes, schulterfreies Samtkleid an, dazu die passenden Schuhe, meine mit Pailletten besetzte, glitzernde Handtasche und natürlich darf der Schmuck nicht fehlen, ein bisschen Glanz und Glamour tut schließlich jeder Frau gut. Wenn ich mich so im Spiegel betrachte, fühle ich mich gerade sehr schön und weiblich.

Um 18 Uhr, pünktlich zum Abendgeläut, gehe ich auf den Eingang des Opernhauses zu und werde von Thorsten erwartet (er sieht noch besser aus als auf den Fotos). Natürlich hat auch er sich dem Anlass entsprechend in Schale geworfen. Mit dem eleganten dunklen Anzug, dem weißen Hemd und einer sehr geschmackvollen Krawatte, sieht er umwerfend gut aus. Nachdem wir uns kurz begrüßen, macht er mir die Tür auf, hilft mir aus dem Mantel und gibt ihn an der Garderobe ab. Sein Blick sagt eigentlich schon alles, als er mein Kleid sieht, aber er fügt hinzu:

„Du siehst wunderschön aus. Die Karten habe ich schon abgeholt, hier bitte, das ist deine Karte, ich hoffe, der Platz gefällt dir, ich war noch nie in einer Oper, deshalb hat Tina die Plätze für uns ausgesucht und vorher reserviert."

Die Karte, die er mir überreicht gefällt mir sofort (ich werde sie in meiner Sammelkiste für besondere Erlebnisse aufbewahren):

DON GIOVANNI
von
Wolfgang Amadeus Mozart

Bis zur Aufführung ist noch etwa eine halbe Stunde Zeit und ich folge Thorsten auf dem Weg nach oben über die Treppen zum Balkon. Auf Tina ist wie immer Verlass, sie hat uns sehr gute Plätze reserviert, direkt in der dritten Reihe auf dem Balkon in der Mitte des Saals. Soeben unterhielt ich mich ganz angeregt mit Thorsten, als das Orchester (nach anfänglichem durcheinander in der Warmspielphase) mit der Ouvertüre anfängt, dann öffnet sich der Vorhang für den ersten Akt der Oper:

Don Giovanni schleicht sich verkleidet in das Haus von Donna Anna, um sie zu verführen, obwohl er weiß, dass sie mit Ottavio verlobt ist. Donna Anna will erfahren, wer sich hinter der Verkleidung versteckt, da taucht ihr Vater, der Komtur auf. Der Komtur fordert Don Giovanni zu einem Duell heraus, dabei ersticht Don Giovanni den Komtur und verschwindet schnell. Als Ottavio, der Verlobte von Donna Anna, den toten Komtur erblickt, schwört er ewige Rache....

Der Vorhang geht zu, die Lichter gehen wieder an, und ich verlasse mit Thorsten den großen Saal. Nach dem ersten Akt gibt es eine Pause, schließlich dauert die Oper mehr als drei Stunden. Bei einem Glas Sekt besprechen wir die Handlung und ich bin froh, dass ihm die Oper gefällt, entweder man liebt Opern oder man hasst sie, etwas dazwischen gibt es nicht. Ich für meinen Teil schwärme für die Oper:

„Das schönste an dieser Oper ist für mich nicht die Aufführung, die sehr spannend ist, sondern die Musik, die einem in die verschiedensten Stimmungen versetzen kann und ich bin begeistert von Mozart, wie er diese Musik schaffen konnte, die jede Seele berührt."

Dann läutet es dreimal, die Pause ist zu Ende, der zweite und letzte Akt beginnt:

... der getötete Komtur kehrt als Geist zurück und fordert von Don Giovanni, dass er seine Taten bereut und sein Leben ändert. Er soll seinen lüsternen Lebenswandel aufgeben und die Frauen nicht verführen. Dann verschwinden beide. Alle wollen wissen, wo Don Giovanni ist, aber keiner hat ihn gesehen. Man vermutet, dass Don Giovanni für seine Sünden bestraft und in die Tiefe gerissen wurde.

Die Oper ist zu Ende und ich bin immer noch sehr ergriffen von der Musik und der Handlung auf der Bühne. Thorsten holt mir meinen Mantel und lädt mich ein, mit ihm auf den Lohrberg zu fahren. Damit bin ich natürlich einverstanden. Auf dem Weg zu seinem Auto kommen wir an einer Frau vorbei, die uns Blumen verkaufen will. Thorsten überlegt nicht lange und kauft ihr alle ab. Mit einem breiten Lächeln drückt er mir einen großen Strauß roter Rosen in die Hand. So viele Rosen habe ich noch nie auf einmal bekommen, das macht mich schon ein wenig verlegen.

Als wir auf dem Lohrberg ankommen, sind wir an einem der schönsten Aussichtspunkte in Frankfurt. Es ist ein wunderbarer Ausklang dieses außergewöhnlichen Abends. Während wir uns noch ein wenig über unsere Hobbys und Interessen unterhalten, finden wir leider keine Gemeinsamkeiten. Thorsten verhält sich wie ein Gentleman und nutzt die Situation auch nicht aus, als er mich nach Hause fährt. Bevor ich die Autotür öffnen kann, streichelt er mir sanft über die Hand und flüstert mir ins Ohr, dass er mich gerne wiedersehen möchte, weil er findet, ich sei eine außergewöhnliche Frau. Dabei wäre er aber nur ein ganz gewöhnlicher Kerl und hätte mir nicht so viel zu bieten. Ein wenig Bedenkzeit muss er mir schon geben, dann steige ich mit meinem großen Blumenstrauß aus seinem Wagen und überlege, was ich damit anfangen soll.

X.

usnahmsweise bin ich heute Abend bei Jessica zu Hause als Babysitter eingesprungen, damit sie mit ihrem Mann ausgehen kann. Ihre Tochter Michelle ist brav, aber sie kann trotzdem sehr anstrengend sein, weil sie ständig Aufmerksamkeit braucht und ich voll eingespannt bin. Michelle möchte immer wieder ein neues Spiel anfangen, bei welchem ich mitspielen soll. Um diesen Kreislauf zu unterbrechen, muss ich mir etwas einfallen lassen. Jessica hatte mir letztens erzählt, dass Michelle bald Geburtstag hat und ihre Freunde eingeladen hat. Dementsprechend biete ich Michelle an, heute ihre Geburtstagsfeier zu planen. Sie ist sofort begeistert von der Idee und hat wirklich eine blühende Fantasie. Nun liegt es an mir, davon herauszufiltern, was Jessica realisieren kann und für meine Freundin eben noch erschwinglich ist. Dabei fällt mir auf, wie konsumorientiert schon die ganz Kleinen sind, es müssen ganz bestimmte Comicfiguren sein und so weiter. Mir ist klar, dies sind nicht ihre eigenen Vorstellungen, sondern dass einfach zu viel Werbung zwischen den Kindersendungen im Fernsehen gezeigt wird. Derweil schlage ich Michelle vor, zumindest für die Dekoration der Party selbst etwas zu basteln. Mit einem lauten Seufzer, weit aufgerissenen Augen und einem schiefen Mundwinkel zeigt sie deutlich ihre Abneigung, aber als ich anfange Bastelmaterial zusammen zu suchen, ist ihr Interesse geweckt und am Schluss will sie gar nicht mehr aufhören zu basteln und malen. Darüber hinaus wird sich Jessica wahrscheinlich auch freuen, wenn schon ein paar Vorbereitungen für die Feier erledigt sind. Zur vorgegebenen Zeit bringe ich Michelle ins Bett und kann mich danach endlich bei Jessica im Wohnzimmer ein bisschen vor

den PC setzen. Thorsten ist gerade online, so habe ich die Möglichkeit ihm so schonend wie möglich beim Chatten beizubringen, dass wir beide einfach nicht zusammenpassen. Er ist wirklich ein lieber Kerl, deshalb betone ich nochmal, dass der Abend mit ihm sehr schön war. Thorsten hatte zwar gehofft mich nochmal zu treffen, aber er dankt mir für meine Ehrlichkeit und dass ich mich wenigstens nochmal bei ihm gemeldet habe, das sorge immerhin für Klarheit. Meistens würden die Frauen sich nach einem Date mit ihm nicht mehr melden, und danach würde er tagelang grübeln, was er falsch gemacht habe. Soeben verlasse ich den Chatroom, als Jessica und ihr Mann zurückkommen, also mache ich mich auf die Socken, denn ich will sie bei ihrem romantischen Abend keinesfalls stören.

XI.

ie jedes Jahr ist zwischendurch ein Kurztrip mit Tina angebracht, um meinen Energiespeicher wieder aufzufüllen. Diesmal fiel die Wahl auf Paris. Früh morgens sind wir aufgebrochen. Inzwischen kümmert sich ihr Mann David um ihre gemeinsame Tochter. Die Fahrt mit dem TGV von Frankfurt nach Paris dauert etwa vier Stunden, dadurch bleibt viel Zeit über die Oper und Thorsten zu resümieren und jedes Detail auszuführen. Tatsächlich drängt sich mir die Frage auf:

„Wie kamst du auf die Idee, dass Thorsten und ich zusammenpassen?"
Tina zieht ihre Augenbrauen hoch und erwidert:

„Also ich dachte, wenn man euch beide zusammen sieht, er einen Kopf größer als du, mit seinen schwarzen Haaren und grünen Augen, ihr hättet wirklich ein schönes Paar abgegeben."
Beileibe ist mir das noch nicht in den Sinn gekommen, dass sie vor allem die Äußerlichkeiten meinte.

„Ich war einfach total begeistert von der Oper und dem ganzen Abend. Es war sehr romantisch und er hat eigentlich alles richtiggemacht. Aber wir haben überhaupt keine gemeinsamen Interessen gefunden, und leider musste ich schon bei meinen letzten Beziehungen schmerzlich erfahren, dass sie keine Beständigkeit hat, wenn keine gemeinsame Basis vorhanden ist. Er ist so ein liebenswerter Mensch und wenn ich jünger wäre, würde ich es vielleicht mit ihm versuchen. Aber ich habe nicht mehr viel Zeit, um den Mann zu finden mit dem ich eine Familie gründen kann. Deshalb sollte ich mir hundert Prozent sicher sein, dass ich mit ihm alt werden kann. Das würde ich

mir selbst nie verzeihen, durch mein eigenes Verschulden alleinerziehende Mutter zu werden, weil mir schon von Anfang einer Beziehung klar ist, dass sie nicht lange hält."

Tina schüttelt mitleidig den Kopf:

„Ach Rebecca, das tut mir leid, ich dachte wirklich, ihr zwei hättet eine Chance, ich wollte dir nur bei deiner Suche helfen. Aber ich bin froh, dass ihr beide trotzdem einen schönen Abend hattet und ich die richtige Wahl für euer Date getroffen habe. Sieh es mal so, mit jedem Mann, den du kennenlernst, kommst du dem Richtigen näher, weil du selbst herausfinden kannst, welche Eigenschaften dir bei einem Mann wichtig sind, indem du unterschiedliche Charaktere triffst."

Gleich fahren wir in Paris am Bahnhof Gare de l'Est ein. Hier steigen wir in die Métro um. Nachdem wir in zwei Shops auf der Einkaufsmeile hineingeschaut und die Preise für unverschämt teuer ermessen haben, besuchen wir lieber das „Musée d'Orsay", ein Kunstmuseum an der Seine, direkt gegenüber vom Louvre. Nicht zuletzt, weil wir beide den Louvre schon kennen, befinden wir ein anderes Museum für diesen Parisaufenthalt für besser. Im „Musée d'Orsay" betrachten wir Gemälde von Cézanne, Monet, Degas, Renoir, Manet, Liebermann und van Gogh. Am meisten begeistern mich die französischen Impressionisten aber auch die Skulpturen von Rodin. Obwohl meine Füße wehtun, stellen wir uns nach dem Museumsbesuch noch in die lange Reihe vor dem Fahrstuhl am Eiffelturm. Um uns die Wartezeit zu versüßen, haben wir uns beide vorher Crêpes gekauft. Bevor Tina und ich uns dann wieder von Paris verabschieden, riskieren wir noch einen Blick vom Eiffelturm über die Stadt:

Au revoir, Paris!

XII

G elegentlich kam Kundschaft ins Reisebüro, so war den ganzen Tag wenig Betrieb. Zugleich hat sich Stefan bereit erklärt, die Stellung zu halten und das Reisebüro später abzuschließen, so fällt der Entschluss leicht, früher Feierabend zu machen. Stefan hegt keinen Zweifel daran, dass ich heute wegen einer Verabredung früher von der Arbeit gehen will. Nach einer kurzen Bedenkzeit (ob ich mit einem Kollegen solche privaten Angelegenheiten besprechen sollte) knüpfe ich daran an:

„Nein, diesmal habe ich keine Verabredung. Eigentlich würde ich heute Abend gerne in den erst kürzlich eröffneten Salsa Club gehen, weil es aber so deprimierend ist, ohne Tanzpartner dort zu erscheinen, werde ich den Club wieder nicht besuchen. Für Männer ist der Besuch des Clubs viel interessanter, denn auf sie warten scharenweise Frauen, die tanzen wollen. Die Frauen warten manchmal den ganzen Abend darauf, zum Tanz aufgefordert zu werden, um dann mit einem mittelmäßigen bis schlechten Tänzer ein paar Schritte Salsa zu tanzen."

Stefan grinst mich an:

„Also ich gebe zu, dass ich mich früher immer um Tanzkurse gedrückt habe, weil meine Mutter wollte, dass ich ein guter Tänzer werde. Ich habe auch keine Ahnung, ob ich zwei linke Füße habe, aber mit dir wäre ich sogar bereit, es auszuprobieren."

Diese Aussage hätte ich nicht von ihm erwartet und bin völlig entflammt:

„Ja super, ich kann dir gerne ein paar Schritte zeigen. Männer, die tanzen wollen, sind immer willkommen! Wir könn-

ten am Wochenende zusammen in den Salsa Club gehen. Dort zeige ich dir zuerst den Grundschritt und wenn du willst, können wir dann auch auf der Tanzfläche tanzen."

Stefan fängt an, die Unternehmung in Zweifel zu ziehen:

„Ich dachte eher, dass du mir das privat zeigen kannst und erst, wenn ich es gut genug kann auf einer Veranstaltung tanze. Du bist eine gute Tänzerin, ich möchte dich nicht vor deinen Freunden und Bekannten blamieren, weil du mit so einem Anfänger wie mir tanzt."

Mit dieser Ausrede lasse ich jetzt keinen Rückzieher zu:

„Mach dir mal um mich keine Sorgen. Du wirst schnell merken, dass es im Club viele Anfänger gibt, deshalb werden Salsa-Partys oft von Tanzschulen veranstaltet. Sollte es dir überhaupt nicht gefallen, dann können wir den Club auch wieder verlassen. Du musst aber diese Atmosphäre selbst erlebt haben und die Musik spüren, um ein Gefühl für das Tanzen zu bekommen. Damit du einen kleinen Vorgeschmack bekommst, zeige ich dir jetzt den Salsa Grundschritt. Ich zeige ihn dir zuerst, dann machst du mit. Siehst du, mit dem linken Bein gehst du einen Schritt nach vorne und wieder zurück und zählst dabei 1,2,3, dann mit dem rechten Bein ein Schritt zurück und wieder in die Mitte 5,6,7. Das war schon der Grundschritt, der reicht aus, um den ganzen Abend zu tanzen, wenn du willst."

Zunächst hat mich Stefan nur skeptisch angeschaut, als ich aber in ganz langsamem Tempo die Schritte wiederhole, macht er mit. Gleichermaßen erweist er sich als guter Tanzschüler, der sofort alles umsetzen kann, was er sieht. Wir haben ganz hinten im Büro geübt und trotzdem die Reisebürotür nicht aus den Augen gelassen, aber die ganze Zeit über hat kein Passant vor dem Reisebüro Halt gemacht. Nicht auszudenken, wenn just in dem Moment ein Kunde hereingeschneit wäre.

Jedenfalls konnte ich ihn mit der kleinen Tanzstunde überzeugen doch am Freitagabend auf die Salsa-Party mitzugehen. Das wäre doch wirklich toll, wenn er sich fürs Tanzen erwärmen könnte und ich vielleicht in Zukunft einen guten Tanzpartner hätte, mit dem man wieder richtig durchstarten könnte.

Als mich Stefan dann am Freitag pünktlich um 21 Uhr abholt und zur Tanzschule fährt, müssen wir feststellen, dass es dort ganz dunkel und still ist, nur ein Türsteher ist von Weitem zu erkennen. Als wir auf diesen zugehen und um Auskunft bitten, erhalten wir die Antwort, dass die Party erst später anfängt. Wie konnte ich das nur vergessen, normalerweise war ich auch erst viel später im Club. Wie von den Südländern kopiert, finden auch hierzulande Salsa-Partys erst spät abends statt, in Südamerika scheint dies auch sinnvoll, da es noch bis in die Nacht hinein fast zu heiß zum Tanzen ist.

Stefan schlägt vor, dass wir uns noch ins Eiscafé setzen, bis die Party losgeht. Erleichtert über seinen Vorschlag eröffnet sich so die Möglichkeit, die sich sonst im Büro eher selten bietet, Privates zu besprechen. Wie sich dann bei einem Eis herausstellt, entdecke ich völlig neue Seiten an ihm. Das ist schon interessant, man arbeitet jahrelang zusammen und weiß doch wenig über den Kollegen. So ist er zum Beispiel ein Meister der Rezitation und stellt sein Können mit einem Gedicht von Rainer Maria Rilke unter Beweis:

> „Wenn es nur einmal so ganz stille wäre.
> Wenn das Zufällige und Ungefähre
> verstummte und das nachbarliche Lachen,
> wenn das Geräusch, das meine Sinne machen,
> mich nicht so sehr verhinderte am Wachen-:

Dann könnte ich in einem tausendfachen
Gedanken bis an deinen Rand dich denken
und dich besitzen (nur ein Lächeln lang),
um dich an alles Leben zu verschenken
wie einen Dank."

Zugegebenermaßen hat er mich damit schwer beeindruckt. Nach unserem Exkurs im Eis-Café befinden wir uns wieder am Eingang des Clubs, diesmal sind wir nicht die einzigen Besucher, der Türsteher hat deutlich mehr zu tun als vorhin und muss viele Gäste abwickeln. Obwohl sich der Tanzsaal schnell füllt, erwische ich noch einen Tisch, an den wir uns setzen und eine Bestellung aufgeben können. Nach längerem Schweigen teilt mir Stefan mit:

„Die Musik gefällt mir. Es ist eine aufgeweckte, fröhliche Musik, die gute Laune verbreitet."

Stefan beobachtet die Tanzfläche mit Argusaugen und versucht Schrittfolgen zu erkennen. Dies scheint ihm nicht zu gelingen, denn Stefan schüttelt den Kopf und sieht mich hilfesuchend an. Um seine Verwirrung etwas aufzulösen, erläutere ich ihm, dass bei jedem Songwechsel seitens des DJs entweder Salsa, Merengue, Bachata oder Reggaeton getanzt wird. Seine Miene hellt sich wieder auf, nachdem er angestrengt zugeschaut hat. Entspannt trinkt er nun seinen alkoholfreien Caipirinha aus, den die Bedienung inzwischen serviert hat, um dann im Rhythmus der Musik den schwarzen Strohhalm im Eis seines Glases hin und her zu bewegen.

Als eine gemächlichere Salsa Musik gespielt wird, schnappe ich mir Stefan und zeige ihm etwas abseits hinten im Lokal nochmal die Salsa Grundschritte, die ich ihm schon bei der Arbeit kurz vorgetanzt habe. Dann wiederholen wir die Schritte zusammen in Paartanzhaltung. Begeistert davon wie gut er sich die Schritte eingeprägt hat, zeige ich ihm noch mehr

Figuren, dabei vergesse ich nicht, ihn für jeden kleinen Fort-schritt zu loben. Nach drei Probetänzen hinten im Lokal, fühlt er sich gewappnet für die große Tanzfläche. Dort schwingen wir zu schneller Salsa-Musik das Tanzbein, um uns danach etwas außer Puste am Tisch auszuruhen. Stefan hätte nie geglaubt, dass Tanzen so anstrengend sein könnte. Dann legt der DJ eine Platte von „Aventura" auf, dazu tanzt man Bachata, den ich Stefan aber erst beim nächsten Mal zeigen möchte, falls es ein nächstes Mal gibt, denn man kann nicht alle Tänze an einem Abend lernen. Aber die Musik ist so schön, dass es mich nicht länger auf dem Stuhl hält, deshalb muss ein Tänzer her, mit dem ich schon öfter getanzt habe. Stefan kann die Pause auch ganz gut gebrauchen.

Bei meinem nächsten Caipirinha versuche ich Stefan von einem Tanzkurs zu überzeugen:

„Im Tanzkurs könntest du viele Frauen kennenlernen, weil es nur wenige Männer schaffen, sich richtig im Takt der Musik zu bewegen. Dabei bist du praktisch zum Tanzen gebo-ren, so schnell wie du lernst und dann sieht es auch noch gut aus, du solltest dein Talent nicht verschwenden."

Stefan scheint nicht abgeneigt und wird sich das noch überlegen. Nach zwei weiteren Tanzrunden, verlassen wir den Club und Stefan fährt mich heim (deswegen hatte er heute Abend auch nur alkoholfreie Drinks).

XIII

Im Büro hat mich der Chef gestern zur Schnecke gemacht, weil ihm die Dekoration, die ich für das Schaufenster ausgesucht hatte, nicht gefallen hat. Als Stefan mich dann verteidigen wollte, musste auch er die Launen des Chefs ertragen, obwohl er gar nichts mit der Sache zu tun hatte.

Um den Streit im Büro zu vergessen, beschließe ich an meinem freien Tag im Thermalbad zu entspannen. In warmem Wasser liegend, lasse ich mich dort von Massagedüsen durchkneten. Nach einem Wechsel ins Dampfbad ist bekanntlich eine Ruhephase das Richtige. Im Ruheraum merke ich deutlich, wie die ganze Anspannung von mir abfällt, durch die Wärme und Stille fühle ich mich locker und leicht. Blau und stellenweise grün schimmert das Wasser im beleuchteten Becken, in dem ich noch ein paar Bahnen schwimme, bevor ich mich wieder in der Umkleidekabine umziehe. Nach dem Besuch im Bad habe ich den ganzen Druck, den ich im Büro hatte, wieder vergessen.

Vor dem Schlafengehen, muss ich noch kurz meine E-Mails checken und habe eine Nachricht von der Dating-Seite im Postfach. Die kurze Nachricht von Edi ist schnell gelesen, er möchte sich morgen Mittag mit mir treffen, um meine Bekanntschaft zu machen. Ohne lange zu überlegen gehe ich auf seinen Vorschlag ein und gebe ihm bei meiner Antwort, die Uhrzeit und den genauen Treffpunkt an.

Ziemlich gehetzt komme ich während meiner Mittagspause bei meinem Stammlokal an, da winkt mich schon ein Mann, der allein an einem der Tische vor dem Lokal sitzt, zu sich heran. Scheinbar hat er mich sofort vom Foto bei der Singlebörse im Internet erkannt. Edi stellt sich vor, gibt mir zur Begrüßung auf die rechte und linke Wange einen Kuss und drückt mich dabei so fest an sich, dass es mir unangenehm ist. Während ich auf dem Stuhl neben ihm Platz nehme, mustert er mich von oben bis unten:

„Du siehst echt sexy aus in dem Rock und der Bluse. Du bist genau mein Typ. Soll ich dir was bestellen? Ich habe mir schon etwas bestellt. Was willst du? Ich gebe dir gerne einen aus", betont er, als der Kellner seinen Drink an unseren Tisch bringt.

„Nein Danke, ich möchte jetzt nichts."

Normalerweise hätte ich schon etwas bestellt, aber diese anzügliche Art von dem Kerl gefällt mir nicht, mal sehen wie sich das Gespräch entwickelt, ich will mir den schnellstmöglichen Rückzug nicht verbauen, indem ich noch auf die Rechnung vom Kellner warten muss, denn von so einem mag ich mich nicht gerne einladen lassen. Jetzt bereue ich auch, dass ich heute so eine halbdurchsichtige Bluse angezogen habe. Abwartend, dass der Kellner unseren Tisch verlässt, fügt er spitzbübisch hinzu:

„Bin ich denn auch dein Typ?"

Zugleich grinst er mich mit seinem goldenen Zahn an, legt sich ins Profil, streckt seine behaarte Brust mit seiner goldenen Panzerkette noch weiter aus seinem weit geöffneten Hemd und wartet meine Reaktion ab. Abwägend, ob ich jetzt schonungslos meine Meinung dazu sagen soll, widerspreche ich ihm eher zurückhaltend:

„Nein, eigentlich nicht."

Gleichgültig gibt er mir zu verstehen:

„Das macht überhaupt nichts. Das muss ja nicht für immer sein, ich brauche sowieso nicht noch eine Frau, die sitzt schon zu Hause. Ich bin nämlich ein Mann, der in seinen besten Jahren ist, da reicht mir eine nicht. Dich hätte ich gerne als meine neue Flamme, du bist so heiß, am liebsten würde ich

jetzt gleich mit dir in das Hotel am Berg fahren, das ist weit weg von der Landstraße."

„*Warst du da schon öfter?"*, frage ich salopp. Dabei kann ich mir kaum vorstellen, dass so ein Kerl, der sich wie ein Zuhälter benimmt, verheiratet ist, geschweige denn ein Verhältnis mit einer Frau angefangen hat.

„*Nein, ich fahre da nur manchmal vorbei und habe mir das schon ausgesucht, weil es der perfekte Ort ist für so eine Begegnung, aber du bist noch viel heißer als die Frauen, die ich bisher kennengelernt habe. Ich weiß, dass es nicht sofort geht, ich kann es kaum erwarten, du bist so scharf, fahre mit mir dort hin, so schnell wie möglich!"*, fordert er, ohne dass er seine lüsternen Blicke von mir abwendet, beiläufig legt er seine Hand auf mein Knie und versucht meinen Rock hochzuschieben.

Das wird mir jetzt echt zu viel, ich finde den Kerl total schleimig und ekelerregend, sein Aussehen, seine anzügliche Art und dann noch dieses herbe Parfüm, das er aller Wahrscheinlichkeit nach an all seine Körperstellen gesprüht hat, davon wird mir echt übel. Jetzt muss ich so schnell wie möglich hier raus, gut, dass ich nichts bestellt habe. So deutlich wie ich nur kann, muss ich ihm meine Meinung sagen, was ich von seinen Plänen halte, denn ich will auf keinen Fall riskieren, dass er mich noch bis zu meiner Arbeitsstelle verfolgt, wenn meine Mittagspause vorbei ist:

„*Also du bist absolut nicht mein Typ. Da muss ich nicht lange überlegen, ich werde bestimmt nicht mit dir zu dem Hotel fahren. Ich bin auf der Suche nach einer festen Partnerschaft und werde bestimmt nicht die zweite Geige spielen. Du brauchst mir nicht mehr schreiben und auch nicht auf eine Antwort von mir warten. Wir werden uns bestimmt nicht mehr verabreden. Ich muss jetzt wieder gehen, meine Pause ist vorbei."*

Als sich dieser schmierige Typ nach vorne beugt und mir wieder wie schon bei der Begrüßung Küsschen auf die Wangen geben will, stehe ich schnell auf und verlasse das Lokal. Ich hoffe nur, ich habe mich deutlich genug ausgedrückt, damit mir der Kerl nicht wie ein Stalker hinterherrennt.

Mir fällt ein, dass ich bei einem meiner letzten Dates auch einfach so schnell allein im Café zurückgelassen wurde, wie ich jetzt diesen Edi abserviert habe, aber um mein Gewissen zu beruhigen - das war damals eine ganz andere Situation. Edi hat mich gerade eben so sehr dazu bedrängt ein sexuelles Verhältnis mit ihm einzugehen, dass ich dem Ganzen gleich einen Riegel vorschieben musste. Ich hatte keine andere Wahl, als ihn da sitzenzulassen, alles andere hätte er wieder als Einladung verstanden, weiter seine Masche durchzuziehen. Dieser Edi war wirklich davon überzeugt, dass ihm keine Frau lange widerstehen kann. Da zeigt sich mal wieder, was für ein übersteigertes Selbstbild die Männer haben, wo es den Frauen an Selbstwertgefühl fehlt.

XIV.

Knapp zwei Stunden bevor meine Schwester Lilly aus Thailand heimkehrt, sind wir erst fertig mit den Vorbereitungen für die Willkommens–Party. Ein paar Freunde und Bekannte von Lilly hatten mir geholfen, die Party vorzubereiten. Vor drei Tagen war Lilly aus Thailand zurückgeflogen, wo sie zwei Jahre lang an einem Umweltprojekt mitgearbeitet hatte. Als ich sie vom Flughafen abholte, war sie ziemlich müde von der Reise, dementsprechend hat sie mir noch nicht viel erzählt. In den letzten zwei Jahren hatte sie auch kaum geschrieben, sie war zu sehr mit ihrem Projekt beschäftigt. Umso mehr freue ich mich jetzt, wo sie wieder da ist, mehr über ihre Zeit in Thailand zu erfahren. Im Auto hatte ich ihr schon von der Party erzählt, das war auch die einfachste Methode, denn schließlich wollte sie jeder nach so langer Zeit wiedersehen. Tatsächlich würde sie so nicht tausendmal das Gleiche erzählen müssen, weil sie bei der Party die Möglichkeit bekommt, allen ihre Erlebnisse zu schildern. Kaum sind wir bei ihrer Wohnung zur Tür hereinspaziert, wird Lilly stürmisch von den Partygästen begrüßt, umarmt und gedrückt. Zunächst wechselt sie mit jedem der Gäste ein paar Worte, um zu erfahren, wie es ihnen die letzten zwei Jahre erging. Unterdessen bringe ich ihre Koffer aus dem Auto in ihr Schlafzimmer und stelle sie dort ab. Nachher richtet sie das Wort an alle und möchte von ihren Erlebnissen berichten. So wie ich Lilly kenne, ist sie gut vorbereitet und hat eine Menge Fotos dabei. Bald hat sie ihren Laptop und einen Beamer aufgebaut, um anhand der Bilder die wichtigsten Stationen ihres Aufenthalts zu dokumentieren (das erinnert mich an die Dia-Abende, die wir früher manchmal bei unseren Eltern hatten).

Sie war in der Provinz Krabi, die am Indischen Ozean liegt, in der Nähe von Phuket. Also im Süden Thailands, auf der malaiischen Halbinsel, die den Pazifischen Ozean vom Indischen Ozean trennt.

Lilly hält uns einen Vortrag:

„Das Klima dort ist tropisch und wird vom Monsun mitbestimmt, es gibt drei Jahreszeiten. Von November bis Februar führen Nordostwinde trockene und kühlere Luft heran, in der Vormonsunzeit von März bis Mai kann ich euch versichern, da ist es kaum auszuhalten, das ist die heißeste Zeit mit oft über 35° C. Dann setzt der Monsun von Südwest ein, die Regenzeit dauert dann von Juni bis September."

Endlich zeigt sie uns die von mir heißersehnten wunderschönen Strandbilder:

„Ach übrigens war das auch ganz in der Nähe von dem berühmten Strand, an dem Leonardo DiCaprio den Film „The Beach" drehte. Erkennt ihr, dass die Strände ganz ähnlich aussehen wie in diesem Film? Trotzdem sind wir dort nicht faul am Strand herumgelegen, sondern haben viel gearbeitet. Unser Projektleiter bestimmte, welche Aufgaben am dringendsten erledigt werden mussten, deshalb waren wir oft tauchen. Wir untersuchten Schäden an den Korallenriffen und analysierten die Population der Fische, wie sich zum Beispiel der Tourismus darauf auswirkt. Daneben hatten wir noch viele weitere Aufgaben, nicht nur im Meer."

Augenblicklich zeigt sie uns Aufnahmen vom Landesinneren, also eher vom nördlichen Teil Thailands, wo sich das Projektteam allerdings nur zwei Wochen aufgehalten hat:

„Wie ihr seht, sieht es im Norden schlecht aus. Im Sommer ist es dort staubtrocken und in der Regenzeit überschwemmt, es eignet sich also kaum für die Landwirtschaft, deshalb leben dort auch die ärmsten Menschen. Wir sind dort auch auf andere ausländische Helfer gestoßen, die mit Bewässe-

rungsprojekten und dem Bau von Staudämmen Abhilfe schaffen wollen. Auf diesem Bild seht ihr eines der zahlreichen Reisfelder, die man dort finden kann."

Lilly gibt uns eine Verschnaufpause. Einstweilen haben wir uns alle etwas am Buffet gestärkt. Hinter Lilly und ihren drei Freundinnen stehend, lausche ich dem, was eine Freundin von ihr zum Besten gibt:

„Nach einer neuesten Studie zum Sexualverhalten der Deutschen, bin ich gerade am Herausarbeiten der wichtigsten Details für den Artikel der Frauenzeitschrift, für die ich arbeite. Also eines fand ich ganz interessant und ich würde nur zu gerne eure Meinung dazu hören. Nach Meinung der Frauen ist etwa die Hälfte aller Männer nur mittelmäßig im Bett. Aber die gute Nachricht ist, dass nur 25% der Männer wirklich schlechte Liebhaber sind. Somit bleibt also immerhin noch ein Viertel der Männer übrig, die wirklich sehr gute Liebhaber sind, das ist doch erstaunlich. Wie seht ihr das?"

Auf diese Frage herrscht eine ganze Weile Stille unter den umstehenden Damen, offenbar ist die Liste der Liebhaber bei manchen Frauen so lange, dass sie erst einmal alle durchgehen müssen. Letztlich antwortet eine der Frauen, die sich traut, über so etwas Intimes in einer größeren Runde zu reden:

„Also ich glaube, das könnte so in etwa hinkommen, zum Glück hatte ich nur einen miserablen Liebhaber, bei ihm gab es praktisch kein Vorspiel, es ging gleich zur Sache und war auch schnell vorbei. Und ich hatte auch mal einen traumhaften Liebhaber, leider haben die meisten meiner Freundinnen nie so einen erwischt, aber vielleicht nur, weil sie nur zwei oder drei Partner in ihrem Leben hatten."

Angesichts dieser Offenbarung sind die Frauen in der Runde sehr gespannt zu hören, wie denn ein guter Liebhaber sei und fordern sie deshalb auf, weiterzuerzählen:

„Er war mein Sex-Gott, er hat es perfekt verstanden, mich von meinen Alltagssorgen wegzulocken. Jedes Mal, wenn wir eine Nacht zusammen verbracht haben, hat er eine schöne Atmosphäre geschaffen, in der ich mich völlig entspannen konnte, er hat mir zugehört und ist auf meine Wünsche eingegangen. Völlig selbstlos schien er nur mich verwöhnen zu wollen. Ich wünsche jeder Frau, dass sie einmal in ihrem Leben so einen wunderbaren Liebhaber erwischt. Aber die sind nicht leicht zu finden, denn es sind keine Angeber oder Machos, sie sind von der Masse nicht zu unterscheiden, denn sie sind schließlich diskret und wollen gar nicht damit angeben, wie gut sie wirklich sind. Schließlich können sie ja nicht alle Frauen auf dem Planeten glücklich machen."

Sie hätten gerne noch weitergeplaudert, aber Lilly will nun mit ihren Bildern vorwärtskommen, da manche anderen Gäste schon erwartungsvoll zu der Gesprächsrunde mit Lilly herübersahen. Mittlerweile fährt sie mit ihren Erzählungen über Thailand fort:

„Dieses Jahr besetzten mehrere Protestierende die Flughäfen von Bangkok, Phuket und bei uns den Flughafen von Krabi. Dazu müsst ihr wissen, dass Thailand eine konstitutionelle Monarchie ist. Der König von Thailand ist Staatsoberhaupt und Regierungschef ist der Premierminister. Die Proteste richteten sich gegen den Premierminister und sie forderten seinen Rücktritt. Er wurde für abgesetzt erklärt und ein neuer Premierminister eingesetzt. Bei den Protesten wurden viele Menschen verletzt. Inzwischen ist hoffentlich wieder etwas Ruhe eingekehrt."

Nun ich muss zugeben, in der Zeit hatte ich mir auch etwas Sorgen um meine Schwester gemacht, aber jetzt ist sie ja endlich wieder hier. Lilly wird abschließend noch nach der Verbeugung die man von den Thailändern auf den Fotos sieht gefragt:

„Das hätte ich beinahe vergessen, natürlich das nennt man Wai, das ist der traditionelle Gruß der Thais. Dazu werden beide Handinnenflächen aneinandergelegt und in unterschiedlicher Höhe vor das Gesicht oder die Brust gehalten."

Lilly zeigt uns, wie man das richtig macht:

„Dadurch wird die Achtung vor älteren Menschen und auch der Respekt vor Höhergestellten zum Ausdruck gebracht. Nach dem sozialen Status muss der niedriger Gestellte mit dem Wai beginnen, wobei die Fingerspitzen ungefähr an der Nasenspitze liegen und der Kopf dabei geneigt wird. Der höher Gestellte wird den Gruß erwidern, indem er die Fingerspitzen auf Brust- oder Kinnhöhe hält. Heute ist es üblich, dass Verkäufer in Geschäften ihre Kunden mit dem Wai begrüßen. Na und dann sollte man als Tourist bloß nicht auf die Idee kommen, mit einem Wai bis an die Stirn zu grüßen, das ist eine ganz schön peinliche Situation. Zur Danksagung oder Begrüßung genügt ein Lächeln oder ein Nicken mit dem Kopf, das von jedem Thai verstanden und akzeptiert wird."

Lilly plaudert noch kurz mit dem ein oder anderen, die meisten Gäste verabschieden sich schon, es ist spät geworden. Diejenigen, die noch dageblieben sind, helfen beim Aufräumen mit. Zusammen sind wir schnell fertig und ich mache mich als allerletzte dann auch auf den Heimweg. Die nächsten Tage und Wochen werde ich noch genug Zeit haben, mehr von Lilly zu erfahren, jetzt bin ich erstmal müde von den vielen Eindrücken und Erzählungen, genau wie sie.

XV.

er gestrige Abend bei Lilly war lang. Mit verschlafenen Augen richte ich mir mein Frühstück hin und überlege, was ich heute mit dem Tag anfangen soll. Vielleicht würde ich am Nachmittag ein bisschen spazieren gehen. Dann hole ich die Sonntags-Zeitung aus dem Briefkasten. Auf den ersten Seiten geht es nur um Mord und Totschlag, Krieg und Terrorismus. Das kann ich am frühen Morgen nicht vertragen, also blättere ich weiter, Wirtschaft und Sport finde ich langweilig, das interessiert mich überhaupt nicht. Als nächstes schlage ich die Seite mit den Kontaktanzeigen auf. Genau das brauche ich jetzt, ein bisschen lockere Unterhaltung. Bei manchen Anzeigen fällt auch sofort auf, warum die Personen noch auf der Suche sind. Also die meisten Männer sind anscheinend ziemlich anspruchsvoll und natürlich muss die gesuchte Partnerin sportlich und schlank sein. Na, das könnte ich ja gleich vergessen. Daneben finden sich auch Anzeigen die sehr eindeutig zweideutig sind. Obwohl die meisten Anzeigen sowieso nicht für mich in Frage kommen würden, weil die Männer dort zu alt für mich wären, erheitert mich die Lektüre dieser Rubrik. Inmitten dieser Anzeigen fällt mir eine auf, die doch ganz anders klingt und mich sofort neugierig macht:

Die Zukunft möchte ich nicht allein verbringen. Wenn es dir genauso geht und du eine treue und ehrliche Frau zwischen 30 und 40 J. bist, dann sollten wir keine Zeit verlieren. Wir können gemeinsam spazieren, tanzen und vieles mehr… Ich freue mich schon auf eine Nachricht von dir unter folgender Kennziffer: SX38JHGTU.

Für mich hört sich das doch ganz sympathisch an, ich würde gerne mehr über ihn erfahren. Soll ich mich jetzt wirklich hinsetzen und darauf einen Brief schreiben? Warum hat er nicht einfach eine Telefonnummer hinterlassen? Dann hätte ich jetzt einfach zum Telefonhörer greifen können und ihn angerufen. Irgendwie kann ich das aber auch verstehen, mit einer Telefonnummer hätte er wahrscheinlich den ganzen Tag keine Ruhe mehr und es würde ständig bei ihm klingeln. Vielleicht hat er aber auch Angst vor Stalkern. Was soll ich jetzt machen? Mit Zeitungsanzeigen bin ich doch schon ein gebranntes Kind, wenn ich da an die Vermittlungsagentur denke. Einstweilen entschließe ich mich doch auf die Anzeige zu antworten. Was soll schon passieren? Es handelt sich doch erstmal um eine Korrespondenz. Genau das mit dem bedruckten Papier stellt sich aber zunächst als Problem dar. Obwohl es mir nicht leicht-fällt, mich selbst zu beschreiben, habe ich letztendlich eine halbe Seite zu Papier gebracht und meine Handynummer dazu notiert. Morgen werde ich den Brief zur Post bringen, ich bin sehr gespannt darauf, wie lange es dauert, bis sich jemand meldet oder ob sich überhaupt jemand meldet. Der Kontaktsu-chende hat bestimmt genug Auswahl. Warum sollte er ausge-rechnet mich wählen? Einen Versuch ist es allerdings wert.

Geradewegs war mindestens 20mal das Wörtchen „schlank" in den Anzeigen zu lesen, da fällt mir ein, dass ich doch wieder ins Fitness-Studio fahren wollte. So eine Jahresge-bühr im Studio ist schließlich teuer genug, dafür sollte ich es mindestens zweimal pro Woche frequentieren. Wenn da nicht immer dieser innere Schweinehund wäre. Es fällt mir immer so schwer mich dazu durchzuringen. Jeden Abend kann ich eine neue Ausrede vorweisen, warum es gerade jetzt nicht passt. Viel leichter würde es mir fallen, wenn ich eine Leidensgenossin hätte, mit der ich zum Beispiel regelmäßig an bestimmten Wo-chentagen den Aerobic Kurs besuche. Die Frage ist nur, wen ich dafür mit ins Boot nehmen könnte. Lilly und Tina eignen sich dafür weniger, aber gleich morgen werde ich Jessica fragen, ob sie mich ins Fitness-Studio begleitet. Wenn ich eine Verbündete habe, dann kann ich nicht immer eine Ausrede finden, dann muss ich einfach regelmäßig Sport treiben. Ehe ich es mir noch anders überlege, packe ich meine Tasche und fahre heute vielleicht zum letzten Mal allein ins Fitness-Studio.

Dort angekommen, ist noch wenig los. Während ich mich auf dem Fahrrad-Ergometer abstrample, kommt mir der Gedanke, draußen in der freien Natur zu laufen. Außerdem wäre ich beim Joggen an der frischen Luft. Sauerstoff ist doch besser für den Körper. Aber so ist das nun mal, da hat man viel Geld für ein Fitness-Studio ausgegeben, weil man unbeabsichtigt einen Vertrag unterschrieb, dann muss man dies auch nutzen, sonst hätte man das Geld zum Fenster herausgeworfen. Ich bin zwar froh, dass ich heute etwas Sport gemacht habe, sogleich aber enttäuscht über mich, wie stark ich mich wegen dem Vertrag mit dem Studio unter Druck setzen lasse. Bei schönem Wetter werde ich das nächste Mal lieber draußen Sport machen.

Wieder zu Hause strecke ich frisch geduscht meine müden Glieder auf dem Canapé aus und werfe einen Blick in mein Postfach auf der Internet-Dating-Seite. Ein gewisser Otto hat mir ein paar Zeilen geschrieben, da er gerade auch online ist, fangen wir an zu chatten. Er erwähnt, dass er tanzen kann, weil ich das in meinem Profil auch angegeben habe. Begeistert frage ich nach einem Date, wo wir beide tanzen gehen können. Er zögert und möchte mich erst einmal vorher kennenlernen. Otto schlägt als Treffpunkt eine Milchbar vor. Ich bin einverstanden und wir vereinbaren gleich ein Treffen am nächsten Tag.

ilkbar No.10 heißt der Treffpunkt, an dem ich auf Otto warte. Mit zehn Minuten Verspätung kommt Otto auf seinem Fahrrad angehetzt. Völlig verschwitzt und außer Atem kettet er sein Rad an der Straßenlaterne fest und entschuldigt sich mit einem Schulterzucken für die Verspätung. Wir gehen hinein und bestellen uns an der Theke die Getränke. Als Otto dicht neben mir steht, steigt mir sein Schweißgeruch direkt in die Nase. Der hat wohl noch nichts von einem Deo gehört; oder vielleicht gehört er zu der Art Männer, die denken, Frauen finden Männerschweiß sexy. Es gibt jedoch kaum etwas, das ich abstoßender finde als nach Buttersäure stinkender Achselschweiß.

Otto möchte sich in der Milchbar an den Tresen setzen, aber ich nehme mit einem Tisch draußen vor der Bar vorlieb, da bin ich dem Gestank nicht so ausgesetzt. Während er von seinem Tag auf der Arbeit erzählt und davon, dass er schon lange überzeugter Vegetarier ist, schüttet er seinen grünen Smoothie hinunter. Einen exotischen Milchshake mit leckeren Früchten habe ich mir genehmigt und ziehe genüsslich schluckweise an meinem Strohhalm. Im Gegensatz zu mir hat Otto sein Glas auf ex geleert und dabei nicht einmal gemerkt, dass noch einiges Grünzeug in seinem langen Bart hängengeblieben ist. Ohne Unterlass plappert er weiter und kichert nach jedem zweiten Satz. Mir ist aber gar nicht zum Lachen zumute. So ein langer Bart sieht bereits ohne Milchbart ungepflegt aus, ferner sind da noch die Pickel auf seiner Halbglatze. Wenn er spricht, wandert mein Blick deshalb oft zu den Passanten. Eine Weile lang denke ich darüber nach, ob ich mich zu seinem

Erscheinungsbild äußern soll, entschließe mich aber dazu, nichts zu erwähnen. Otto scheint ein ganz netter und lebenslustiger Typ zu sein, da möchte ich nicht gleich mit der Tür ins Haus fallen und ihn kränken. Er bittet mich, ihn auf die nächste Tanzveranstaltung mitzunehmen, obwohl er zugibt gar keine Tanzschule besucht zu haben, aber er hätte sich bei einigen Veranstaltungen schon viele Figuren aus dem Standard abgeschaut. Zunächst weiche ich seiner Aufforderung durch einen Themawechsel aus, in der Hoffnung, dass er mich nicht mehr danach fragt. Nunmehr bin ich doch froh, dass mich Otto zu einem ersten Treffen überredet hat, wobei das Tanzen zunächst keine Rolle spielt. Zumal es mich jetzt schon bei dem Gedanken schaudert, Otto mit dem ekelerregenden Schweißgeruch beim Tanzen zu nahe zu kommen. Nach etwa einer halben Stunde, ist er zum Glück auch der Meinung, dass wir das Date nun beenden können, weil es durchaus für einen ersten Eindruck gereicht hat. Er war erleichtert mir so viel über sich erzählt zu haben und ich, dass ich nun bald nicht mehr diesen Anblick ertragen muss. Weil wir schon im Voraus bezahlt haben und direkt draußen vor der „Milkbar" sitzen, können wir uns schnell verabschieden und er schwingt sich wieder auf sein Fahrrad.

eil Lilly mir noch viel zu erzählen hat, lud sie mich heute kurzerhand auf einen Kaffee ein. In ihrer Wohnung ist ihr Aufenthalt in Thailand deutlich zu erkennen, denn überall stehen irgendwelche Souvenirs herum. Die ersten Tage in Thailand musste sie theoretische und praktische Aspekte des Tauchens erlernen, denn das sollte einer der wichtigsten Aufgaben des Projektes sein. Als sie gut genug tauchen konnte, durfte sie bis zu 30 Meter tief im Meer tauchen und aktiv an der Projektarbeit tätig sein. Bei der Korallenriffforschung ist sie auf Schildkröten, Rochen, Haie und viele andere Tropenfische gestoßen. Am herrlichsten fand sie die Clown–Fische mit ihren orangenen und weißen Streifen, die auch Anemonenfische genannt werden, sie leben als einzige Fische symbiotisch mit den Anemonen zusammen. Die Anemonen schützen sie vor Feinden. Dabei beobachtete sie, wie sich die Korallenriffe mit der Zeit veränderten und sie hat auch Müll eingesammelt, der von Taucher- und Fischerbooten aus achtlos ins Meer geworfen wurde. Während ihrer Projektzeit wurden künstliche Riffe aus Beton entworfen, die schon nach einiger Zeit bewachsen und mit Korallen bedeckt waren. Schließlich ist das eines der besten Tauchgebiete der Welt. Um die Schönheit der Strände zu bewahren, führte ihre Projektgruppe auch Strandsäuberungen durch. Natürlich waren sie nicht nur am Strand tätig. Das Öko-System ist dort besonders von den Mangrovenwäldern abhängig und so engagierten sie sich auch bei Wiederaufforstungsprojekten. Sie lebte in einem Haus, in dem alle Mitwirkenden des Projektes wohnten. Wie sie schon bei ihrer Präsentation am Willkommensabend zeigte, befand sie sich etwa zwanzig Kilo-

meter von der Stadt Krabi entfernt. Jeden Tag wurden sie mit einem Kleinbus zur Arbeit gefahren. Lilly fühlte sich dabei fast wie in einem Internat, mit den großen Schlafräumen, wo sich bis zu sechs Mitarbeiter das Zimmer teilen mussten, aber zumindest hatten sie mehrere Badezimmer, das war dort schon ein Luxus. Als Ess- und Wohnzimmer hatten sie noch einen weiteren großen Raum zur Verfügung. Lilly betonte nochmal wie scharf das thailändische Essen war und dass sie seitdem mehr Chili beim Kochen benutzt. Lilly hat es manchmal schon gestört, dass es dort eigentlich überhaupt keine Privatsphäre gab, aber mit der Zeit hatte sie sich auch daran gewöhnt. Was ihr aber die meisten Schwierigkeiten bereitete, war das drückende, schwülwarme Klima. Völlig beeindruckt war sie von dem Neujahrsfest in Thailand. Morgens feiern die Familien traditionell zu Hause und später gehen dann alle auf die Straßen mit Eimern oder Wasserpistolen, um sich gegenseitig nass zu machen. Damit sollte ursprünglich zum Ausdruck gebracht werden, dass man die anderen Menschen segnet, aber diese Tradition hatte sich wohl mit der Zeit etwas verändert. Beiläufig haben sich ihre Englischkenntnisse in Thailand dort vertieft, Lilly spricht jetzt fließend Englisch.

In ihrer Freizeit war sie öfter in der „Luna Bar", aber die Regeln mussten sie trotzdem beachten und zum Beispiel am Tag vor dem Tauchgang keinen Alkohol trinken. Damit hatte sie aber weniger Probleme als andere Teilnehmer. Lilly empfiehlt mir unbedingt auch mal eine Reise nach Thailand zu machen, vor allem weil die Einheimischen dort eine sehr freundliche Art haben. Das werde ich mir bestimmt überlegen, dort irgendwann Urlaub zu machen, oder den Aufenthalt dort vielleicht in Absprache mit meinem Chef zum Teil als Dienstreise anrechnen lassen. Mal schauen ob ich ihn irgendwie dazu überreden kann, natürlich nicht in naher Zukunft, dieses Jahr war ich ja schon im Auftrag des Reisebüros in Venedig.

ein Handy klingelt, die Telefonnummer bleibt jedoch anonym. Normalerweise gehe ich ungern ans Telefon, wenn ich nicht weiß, wer dran ist. Meistens sind das nur irgendwelche Umfragen von Meinungsforschungsinstituten oder jemand will einem wieder irgendetwas andrehen. Solche Verkäufer können richtig nerven, und man wird sie dann nicht mehr so schnell los. Letztendlich entschließe ich mich doch den Anruf entgegenzunehmen. Ein Mann namens Henry Keeper meldet sich, er ist derjenige, dem ich auf die Anzeige geantwortet habe. Natürlich jetzt fällt es mir wieder ein, das war vor etwa zwei Wochen und ich hatte den abgeschickten Brief schon ganz vergessen, ich dachte nicht, dass sich jetzt noch jemand darauf meldet. Nachdem wir uns dann eine Weile am Telefon unterhalten haben, möchte er mich zu einem Treffen einladen, um mich näher kennenzulernen. Ich bin damit einverstanden, schließlich kann man einen Menschen besser einschätzen, wenn man ihm gegenübersteht. Also verabreden wir uns für Sonntag, er wird mich mit seinem Auto abholen. Er verrät mir aber noch nicht, was wir unternehmen, er macht ein Geheimnis daraus. Das steigert die Spannung noch mehr. Er hat sich bestimmt etwas Besonderes ausgedacht, sonst hätte er mir schon am Telefon davon erzählt. Nach dem Telefonat kann ich es kaum noch abwarten, bis endlich Sonntag ist. Aber Vorfreude ist ja bekanntlich die schönste Freude.

Jetzt wird es aber höchste Zeit, meine Sportsachen zu packen, sonst ist Jessica verärgert, wenn ich zu spät komme. Tatsächlich konnte ich sie doch überzeugen mit mir regelmäßig das Fitness-Studio zu besuchen. Deshalb sollte ich jetzt pünktlich sein, weil ich sie letzten Endes dazu angestiftet habe. Obwohl es heute mit anstrengenden Übungen zur Sache geht, macht der Aerobic Kurs zu meinem Erstaunen sogar Spaß. Ich fühle mich nach dem Kurs richtig fit, aber Jessica scheint heute etwas abwesend zu sein, so langsam wie sie ihr Schließfach öffnet und in ihre Jeans schlüpft. Weil ich glaube, dass sie jemanden zum Reden braucht, biete ich ihr an, einen Fitness-Drink an der Bar zu nehmen. Jessica macht einen betrübten Eindruck. Als der Fitness-Trainer verschwindet und wir die Einzigen an der Bar sind, schüttet sie mir ihr Herz aus:

„Ach Rebecca, es ist wegen meinem Mann. Eigentlich führen wir eine glückliche Ehe und ich sollte froh sein, dass wir keine schlimmen Probleme haben. Aber manchmal habe ich einfach das Gefühl, ich bin nur Luft für ihn. Wir reden meistens nur über die alltäglichen Dinge, die noch alle zu erledigen sind. Er beachtet mich gar nicht. Früher war das anders."

„Das kann ich gut verstehen, dir fehlt etwas. Aber ist das denn nicht immer so? Bei langen Beziehungen kann man eben nicht immer so verliebt bleiben wie am Anfang."

„Das ist klar. Mich macht es einfach nur total verrückt, weil ich glaube, dass er es als selbstverständlich ansieht, dass ich noch bei ihm bin. Manchmal würde ich gerne meine Sachen packen, einfach nur, um zu sehen, wie er darauf reagiert, vielleicht würde er sich dann ein bisschen mehr Mühe geben."

„Du solltest offen mit ihm darüber reden. Solange du dir mehr Aufmerksamkeit wünschst und er es noch nicht mal ahnt, kann er auch nichts daran ändern. Vielleicht möchte er auch mehr Zeit mit dir verbringen, dann müsst ihr euch einfach ein bisschen Freiraum schaffen."

Nach einer Weile lächelt Jessica wieder und ist froh über unser Gespräch. Ich bin sicher, dass die beiden das locker wieder hinbiegen, sie passen gut zusammen und sind ein tolles Paar.

Es ist Sonntag, der Tag, an dem mich Henry abholen will. Grundsätzlich mag ich Überraschungen, allerdings bergen diese auch Nachteile. In diesem Fall bleibt die große Frage: Was soll ich anziehen? Zwar habe ich den Hinweis bekommen, ich solle mich chic machen, weil es ein außergewöhnlicher Tag werden würde. Aber was bedeutet das konkret? Das einzig elegante, das sich in meinem Kleiderschrank findet sind Abendkleider, es ist wohl kaum passend diese schon vormittags zu tragen. Nach langem Hin und Her muss ich mich endlich entscheiden, denn Henry wird bald vor meiner Tür stehen. In letzter Minute bin ich fertig angezogen, als es auch schon an der Tür klingelt. Lässig stützt sich Henry mit einer Hand am Türrahmen ab, er ist braun gebrannt, mit seinem weißen Anzug und seiner Sonnenbrille erinnert er mich an Don Johnson aus Miami Vice. Henry bietet mir seinen Arm an und geleitet mich zu seinem Wagen. Wagen ist hier wohl das falsche Wort, ein roter Flitzer muss ich eher sagen, ein richtiger Sportwagen. In das Auto könnte ich mich glatt verlieben und in den Mann vielleicht später auch, wer weiß. Henry hält mir die Tür auf und ich steige in den Zweisitzer ein, der Sitz befindet sich weit unten, man hat eher das Gefühl im Auto zu liegen, als zu sitzen. Endlich lüftet Henry das Geheimnis und verrät, dass wir uns auf dem Weg nach Baden-Baden befinden, aber mehr ist aus ihm immer noch nicht herauszubringen. Je schneller Henry fährt, umso mehr schwindet meine anfängliche Begeisterung für den Sportwagen. Der Motor ist so laut, dass ich mich während der Fahrt kaum mit Henry unterhalten kann. Henry gibt weiter Gas und düst über die Autobahn. Natürlich will man mit so einem Auto auch schnell fahren, aber Henry übertreibt es gewaltig, er fährt nur links und drängelt, sobald ihm jemand im Weg ist. Höflich bitte ich Henry langsamer zu fahren, aber das beeindruckt ihn wenig:

> *„Das ist doch noch gar nichts, da steckt noch viel mehr drin, du kannst dich schon mal daran gewöhnen, ich habe noch mehrere schnelle Autos in meiner Garage stehen. Außerdem wollen wir doch heute noch in Baden-Baden ankommen."*

Vor allem will ich da heil ankommen! Mit den PS unter der Motorhaube will er mich wohl beeindrucken. Das Einzige was er mit seiner Raserei bei mir auslöst, ist, dass ich mich dabei sehr unwohl fühle. Aber Henry denkt gar nicht daran, vom Gas zu gehen. Er scheint es ja wirklich nötig zu haben, also wenn er das braucht, dann ist er bestimmt schlecht im Bett!

Heilfroh in Baden-Baden angekommen zu sein, hatte ich die Überraschung schon völlig vergessen. Jetzt ist es offensichtlich, als er bei der Galopprennbahn in Iffezheim einen Parkplatz sucht. Die Überraschung ist ihm wirklich gelungen, ich war noch nie bei einem internationalen Galopprennen dabei.

Am Haupteingang zeigt Henry unsere Eintrittskarten vor. Unterdessen betrachte ich die Leute, vor allem die Damen, die mit ihren extravaganten Hüten herumstolzieren. Es wäre völlig egal gewesen, was ich heute Morgen angezogen hätte, so wie die Menschen hier gekleidet sind, so etwas findet sich gar nicht in meinem Kleiderschrank. Diese Welt der Reichen ist mir fremd, ich fühle mich etwas fehl am Platze und unangemessen gekleidet. Henry führt mich anfänglich zu meinem Sitz auf der Tribüne, um bald darauf ins Club-Restaurant zu wechseln. Zum Mittagessen bestelle ich mir einen Salat und Henry etwas mit einem Namen, den ich noch nie gehört habe, ich möchte gar nicht wissen, was er dann serviert bekommt.

Bevor das Rennen für arabische Vollblüter dann losgeht, will Henry noch schnell Wetten abschließen. Als er sich bei mir erkundigt auf welches Pferd ich setzen möchte, gebe ich offen zu, keine Ahnung von Galopprennen zu haben. Das verleitet ihn dazu mich mit seinen langen Erklärungen über die verschiedenen Pferde, Trainer, Besitzer und Jockeys völlig zu verwirren. Letztendlich entscheide ich mich für „Mephisto", aber nur wegen seinem Namen, ich hoffe, dass er auch wie der Teufel reitet. Henry setzt auf „Runaway". Sobald die Wetten abgeschlossen sind, ist er plötzlich sehr interessiert an mir und stellt mir viele persönliche Fragen, vor allem über meinen Beruf und meine Familie. Während des Rennens bestellt er dann für uns Champagner mit folgender Begründung:

„Ich trinke immer nur Champagner, Sekt kommt für mich nicht in Frage! Und für so eine hübsche Lady erst recht nicht. Die anderen Frauen hier haben ihre schönsten Kleider an, aber du strahlst von innen heraus und übertriffst sie bei weitem!"

Das Kompliment tut gut, er hat wohl gemerkt, dass ich mich eher unscheinbar zwischen den Anderen fühle. Es sieht schon bizarr aus, wie alle durch diese kleinen Operngläser das Rennen beobachten. Hals über Kopf ist das nächste Rennen ebenfalls vorbei. „Mephisto" auf den ich gesetzt habe, erreicht nur Platz 9 von 12 und „Runaway" Platz 4. Henry scheint wirklich öfter hier zu sein, sein Tipp war ganz gut. Sodann machen wir uns auf den Heimweg, unter Umständen dauert es trotz der Raserei von Henry noch eine ganze Weile bis wir in Frankfurt eintreffen.

Erneut steige ich mit wackeligen Knien aus dem Sportwagen, allemal bringt mich Henry bis zu meiner Wohnungstür, verabschiedet sich mit einem Handkuss und fährt mit quietschenden Reifen davon. Was für ein Abgang, das passt zu Henry!

Der Ablauf der letzten Stunden geht mir immer noch im Kopf herum. Diese Atmosphäre an der Rennbahn, das war alles so überspannt, genauso wie sich die Menschen dort verhalten haben. Zumindest eine Erfahrung war es wert, jetzt weiß ich auch wie so ein Pferderennen abläuft. Außerdem ist mir klar geworden, dass Geld nicht so wichtig ist. Vor dem heutigen Erlebnis habe ich mir die Welt der Reichen als erstrebenswert vorgestellt, es hat sich aber für mich herausgestellt, dass ich da völlig deplatziert wäre. Galopprennen, Golf, Polo und so manches andere, was in diese Welt gehört sind für mich total uninteressant, weil ich einfach nicht damit aufgewachsen bin. Gewiss hat Henry keine solchen Bedenken. Macht es da Sinn mich mit Henry noch mal zu verabreden? Hinzu kommt, dass er zwar feine Manieren aufweisen kann, aber seine Raserei und sein protziges Gehabe, um zu zeigen, dass er viel Geld besitzt, gefällt mir nicht mal annähernd. Im Komplimente verteilen versteht er sich gut, das hat mir durchaus geschmeichelt. Trotzdem bleibe ich bei meiner Einschätzung über ihn. Wenn er sich nicht mehr bei mir meldet, beabsichtige ich meinerseits auch keine weiteren Kontakte mit ihm zu pflegen.

XX.

essica will mir schon den ganzen Morgen etwas erzählen, aber der Chef läuft völlig irre wie von der Tarantel gestochen im Reisebüro herum. Fortwährend gibt er in seinem Befehlston Anweisungen. Heute ist er besonders schlecht gelaunt, aber keiner von uns hat eine Ahnung, was mit ihm los ist. Der Chef hatte wohl wieder ein furchtbares Telefongespräch. Soviel ist sicher, mit uns hat es jedenfalls nichts zu tun, sonst fällt er nämlich stets über denjenigen her, der einen Fehler gemacht hat.

Pünktlich wie immer beginnt Jessica ihre Mittagspause und kann jetzt endlich loswerden, was sie mir schon die ganze Zeit erzählen wollte. Sie strahlt übers ganze Gesicht, also nehme ich an, dass es eine gute Nachricht ist. Sie erzählt mir von ihrem Mann. Das letzte Mal hat sie mir geklagt, dass die Beziehung zu ihrem Mann nicht mehr so wie früher ist. Jessica hatte ein langes und ausführliches Gespräch mit ihm. Anscheinend war sie nicht die einzige, die sich vernachlässigt fühlte, ihm ging es ebenso. Weil beide oft müde von der Arbeit kamen, waren sie oft zu gestresst. So haben beide versucht den Stress hauptsächlich bei ihren jeweiligen Hobbys abzubauen. Letzten Endes haben sie gemeinsam eine gute Lösung für ihr Problem gefunden, im Grunde legten sie einen gemeinsamen Abend unter Woche fest. Jede Woche verbringen sie nun einen Abend zusammen, der nur ihnen beiden gehört, an dem sie nicht über die Arbeit oder die alltäglichen Dinge sprechen wollen. Jessica schwärmt geradezu von ihrem letzten Abend zu zweit und von ihrem Mann. Außerdem verstehen sie sich wieder viel besser und sind wieder eine glückliche Familie. So etwas Ähnliches hatte ich mir vorher schon gedacht, dass ihr Mann wahrscheinlich genauso denkt, es gehören immer zwei dazu, beide müssen etwas für die Beziehung tun. Das ist so schön zu sehen, wie es bei den beiden wieder funktioniert. Es sollte viel mehr solcher glücklichen Paare geben. Da keimt auch in mir schon wieder der Wunsch nach einer Familie auf. Ich hätte so gerne Kinder. Aber das kann ich wohl bald vergessen. Vielleicht bleiben mir drei oder vier Jahre Zeit, danach ist das Risiko einer Schwangerschaft viel zu hoch, dann bin ich zu alt dafür. Welche Möglichkeiten bleiben mir? So schnell wie möglich einen Mann zu finden, den ich dazu überreden kann, ein Kind mit mir zu haben. Aber wo finde ich den? Ach nein, das ist eine dumme Idee, das kann man einfach nicht erzwingen, man sollte sich lange genug kennen, bevor man ein Kind zusammen hat. Das ist aber genau mein Problem, ich kann nicht noch ein paar Jahre in einer Beziehung abwarten, ob es zusammen funktioniert, denn dann bin ich zu alt für ein Kind. Auf einen Mann zu warten, bringt also nichts. Wenn ich mal eigene Kinder haben will, dann muss es schnell gehen und anders. Das bedeutet, ich muss ernsthaft über eine künstliche Befruchtung nachdenken. Es gibt schließlich genug Männer, die zum Nebenerwerb zur Samenspende gehen. Wozu brauche ich einen Mann an meiner Seite? Außerdem verdiene ich genug Geld, um mich alleine um ein Kind zu kümmern. Es gibt doch schließlich viele alleinerziehende Mütter, dann kann ich das auch. Wenn ich unbedingt ein Kind will, dann wird das wohl die einzige Möglichkeit sein. Allerdings müsste ich dann damit rechnen, dass mein Kind eines Tages nach seinem Vater fragen würde. Das wäre eine ganz komische Situation, wenn ich gar nicht wüsste, wer er ist und noch schlimmer für mein Kind. Da dieser Weg deshalb nicht in Frage kommt, werde ich einfach abwarten, ob mir vielleicht doch noch der Richtige über den Weg läuft, ansonsten werde ich wohl auf Kinder verzichten müssen.

XXI.

uf dem Ottoman sitzend, fange ich die Seite in dem Buch noch mal von vorne an zu lesen. Irgendwie kann ich mich überhaupt nicht auf den Kern der Erzählung konzentrieren, obgleich ich das Buch eigentlich sehr spannend finde. Nach dem zweiten Versuch breche ich die Lektüre ab und lege sie beiseite. Was ist heute nur mit mir los? Ich fühle mich gerade so schrecklich einsam. Meine Wohnung scheint mir viel zu groß, kalt und leer zu sein. Das kommt davon, dass ich schon so lange alleine lebe. In naher Zukunft ist kein Mann für mich in Sicht! Es ist doch albern ständig auf das Telefon zu starren oder die E-Mails zu checken, ob eventuell der Mann vom letzten Date endlich Interesse zeigt. Warum hat es beispielsweise bei meinen früheren Beziehungen nie funktioniert? Anscheinend verliebe ich mich immer in die falschen Männer. Bevor ich jetzt den ganzen Abend heule und in Selbstmitleid zerfließe, rufe ich lieber Lilly an, der geht es schließlich gerade genauso wie mir, sie sitzt als Single alleine zu Hause. Durch den Telefonhörer beklage ich mich:

„Hallo Schwesterherz, ich habe mal wieder einen Einsamkeitsflash vom Allerfeinsten!"

Lilly hat auch schon die rettende Idee. In solchen Situationen behauptet sie, hilft nur eine Tour durch die Bars der Stadt.

Jetzt muss ich nur noch die Zeitspanne bis zum Abend, wenn ich Lilly treffe, überbrücken. Zuerst tippe ich nervös mit dem Finger auf die Tischplatte bis ich es nicht mehr aushalte und den Laptop doch wieder aufklappe, um beim Portal der Single-Website nachzusehen. Natürlich hat sich immer noch nichts getan seit dem letzten Besuch auf meiner

Profilseite. Unerschrocken beschließe ich selbst aktiv zu werden und nach einem Mann Ausschau zu halten, der mich interessiert. Wir leben schließlich im 21. Jahrhundert, da muss ich doch nicht darauf warten, bis mich ein Mann kontaktiert. Nach ein paar Klicks fällt mir auch gleich ein bestimmtes Profil auf, das von Andreas. Auf dem Foto sieht Andreas freundlich aus, und der Rest der da geschrieben steht, macht mich erst richtig neugierig. Daher schreibe ich ihm gleich eine kurze Nachricht und schicke sie auch tatsächlich ab. Ich befürchte, dass ich diesmal wirklich den ersten Schritt getan habe. Zum ersten Mal habe ich den Kontakt zu einem Mann initiiert, das ist seltsam, weil man nicht weiß, wie er reagiert und vielleicht blamiert man sich auch ziemlich, wenn man eine Absage bekommt.

Nach Vollendung der Nachricht, fahre ich in aller Eile zu der Bar, die Lilly als erste Station für den Abend ausgewählt hat. Wir setzen uns an den einzigen noch freien Tisch und bald darauf erscheint auch ein Kellner. Ich bestelle einen alkoholfreien Cocktail, zumal ich heute fahren muss, jemand muss Lilly und mich schließlich nach Hause bringen. Der Laden ist heute sehr begehrt, fast alle Stühle sind besetzt, nur an unserem Tisch gibt es noch Sitzgelegenheit, infolge dessen dauert es auch nicht lange bis sich zwei Männer und eine Frau zu uns gesellen. Lilly, die bekanntlich die Kontaktfreudigere von uns beiden ist, kommt schnell ins Gespräch mit ihnen. Lilly unterhält sich mit einem der Männer, bei dem anderen Mann und der Frau handelt es sich scheinbar um ein Pärchen. So gesehen ist das der Nachteil, wenn ich mit Lilly unterwegs bin, dann bekommt sie immer alle Männer ab, sie ist einfach bildhübsch und blond, die Männer stehen doch fast alle auf Blondinen. Sie zieht alle Blicke auf sich, mich bemerkt da keiner. Aber was soll's, das ist immer noch besser, als sich zu Hause zu verkriechen. Manchmal lerne ich sogar von Lilly noch ein paar Tricks beim Flirten, wenn ich sie genau beobachte. Schneller als mir lieb ist, drängt Lilly zum Aufbruch, wahrscheinlich weil sie das hier anödet.

Binnen kurzem findet sich auch die nächste Kneipe, wir setzen uns auf die Barhocker am Tresen. Der Barkeeper ist noch nicht mal fertig mit unseren Getränken, als uns schon zwei junge Männer ansprechen, ich schätze sie sind etwa 20 Jahre alt. Augenscheinlich glauben die beiden, dass Lilly und ich zu so später Stunde schon ziemlich angeheitert sind und wittern deswegen leichte Beute. Immerhin lassen sie keinen Zweifel daran, dass sie gerne eine Nacht mit uns verbringen würden, am besten gleich zu viert. Lilly grinst mich nur an und ich weiß genau, dass ihr die beiden viel zu jung sind, Kindsköpfe pflegt sie zu sagen (sie muss es nicht mal aussprechen, ich kenne sie gut genug, um zu wissen, was sie denkt). Insbesondere weil wir die Jungs loswerden wollen, machen wir uns schleunigst aus dem Staub.

Unterwegs treffen wir auf eine Art Bistro, das ziemlich leer aussieht. Genau richtig für uns, um von dem Trubel vorhin eine Pause einzulegen. Hier kann man sich auch in normaler Lautstärke unterhalten, so gibt Lilly noch ein paar Anekdoten aus Thailand zum Besten. Indessen hat sich am Tisch gegenüber eine Gesellschaft von jungen Damen eingefunden. Es handelt sich wohl um einen Junggesellinnenabend, denn eine von ihnen ist deutlich als Braut mit einem Schleier eingehüllt, der Rest ist ausnahmslos als Teufelin verkleidet. Sicher ist nur, dass die meisten von ihnen beschwipst sind, bei ihrer feuchtfröhlichen Runde steigt allmählich die Lautstärke. Eine Teufelin steigt auf den Tisch und fängt an, sich mehrerer Kleidungsstücke zu entledigen, während ihre Freundinnen mit dem Handy gnadenlos draufhalten. Ob sie sich am nächsten Tag noch daran erinnern kann, wie liederlich sie heute war? Wohl kaum, aber es ist doch schön, dass man heutzutage alles festhalten kann, um später immer wieder damit konfrontiert zu werden, wie man sich einmal ungehörig benommen hat! Ein ums andere Mal ist mir schon aufgefallen, dass es viel amüsanter ist, selbst nüchtern zu bleiben und anderen zuzuschauen, wenn sie besoffen sind. Das macht mehr Spaß, als selbst angeheitert zu sein und nicht mehr viel mitzubekommen. Lilly ist zwar nicht sturzbetrunken, aber das Bar-Hopping hat sie trotzdem etwas mitgenommen. Schlussendlich verfrachte ich sie in mein Auto, fahre sie zu ihrer Wohnung und bringe sie noch ins Bett, weil sie schon zu schlapp und müde ist. Lilly bietet mir an, bei ihr zu übernachten, weil ich auch schon müde bin, willige ich ein.

Am nächsten Morgen kommt Lilly ganz verkatert an den Frühstückstisch und möchte von mir wissen, ob sie am Abend davor irgendwelche Dummheiten gemacht hat. Ich könnte ihr jetzt die tollsten Geschichten erzählen, aber so gemein bin ich nicht und beruhige sie, dass nichts passiert ist. Lilly atmet erleichtert auf:

„Danke, Schwesterlein, ich bin so froh, dass du dabei warst und auf mich aufgepasst hast, sonst hätte ich vielleicht noch irgendeinen Typen mit nach Hause genommen und wäre heute Morgen aus allen Wolken gefallen."

„Dann hättest du letzte Nacht wenigstens deinen Spaß gehabt!"

Lilly schüttelt energisch den Kopf:

„Also Rebecca, das nenne ich keinen Spaß, wenn ich mich an nichts mehr erinnern kann, dann ist es doch völlig egal, was passiert ist! Dann habe ich doch nichts davon."

Während unserem Gespräch kommt mir ein ganz anderer Gedanke in den Sinn. Es ist richtig schön mit Lilly gemeinsam zu frühstücken so wie früher bei unseren Eltern und ich frage sie prompt:

„Sag mal Lilly, jetzt wo du wieder da bist, wäre es da nicht toll, wenn wir beide zusammenziehen. Ich meine, das ist doch eigentlich sinnlos, dass wir zwei Wohnungen haben und

jeder alleine ist. Außerdem wird unsere Telefonrechnung dann nicht so hoch!"

Das mit dem Telefon war eigentlich nur als Witz gemeint, aber Lilly ist heute Morgen noch ziemlich gerädert und gar nicht zum Scherzen zu Mute:

„Wenn ich dich nerve und zu oft anrufe, dann sag mir das doch gleich!"

Das muss ich wieder geradebiegen:

„So habe ich das doch nicht gemeint, sonst würde ich wohl kaum mit dir zusammenwohnen wollen."

„Tut mir leid, ich bin etwas gereizt und gerade nicht in der Stimmung für solche Diskussionen. Da werde ich noch mal drüber nachdenken. Sei mir nicht böse, das sollten wir uns gut überlegen."

Das ist zwar nicht die Antwort, die ich hören wollte, aber wahrscheinlich hat sie mal wieder Recht. Wir vertagen das Thema einfach. Nach dem Frühstück verabschiede ich mich von Lilly, sie legt sich wieder ins Bett und schläft weiter, während ich zu meiner Wohnung zurückfahre.

XXII.

essica legt mir im Büro eine Zeitung auf den Tisch und tippt mich an:

„Sag mal Rebecca, wie hieß der Mann nochmal mit dem du in Baden-Baden warst?"

Gewiss hatte ich das Thema mal angeschnitten und erwidere:

„Er hieß Henry Keeper."

Jessica stützt die Hände in die Hüfte und verkündet:

„Na siehst du. Als ich das gelesen habe, ist mir der Name gleich so bekannt vorgekommen und ich dachte mir, das war bestimmt der Mann, mit dem du dich getroffen hast. Das ist einer der Namen, die er verwendet, er heißt in Wirklichkeit ganz anders. Du musst unbedingt diesen Artikel lesen, dann wird dir so einiges klar werden."

Total verwirrt, fange ich gleich an zu lesen. Dabei überfliege ich den Text und bin völlig sprachlos. Meine Güte, das darf doch nicht wahr sein! Dabei wäre ich fast auf ihn hereingefallen! Jessica schaut mich fragend an:

„Und was sagst du dazu?"

„Das ist unglaublich, das hätte ich nie von ihm gedacht. Im Grunde genommen weiß man nicht viel über Andere. Jeder kann vorgeben ein anderer Mensch zu sein. Henry, oder wer weiß, wie er richtig heißt, war wirklich ein ganz guter Schauspieler."

Henry täuschte vor, viel Geld zu besitzen, aber eigentlich war es genau das, was er nicht sein Eigen nennen konnte und worauf er es abgesehen hatte. Laut Angaben der Polizei betrog er schon viele Frauen um ihr Geld, oder besser gesagt, er hat sie bis auf den letzten Cent ausgenommen oder sie sogar mit Schulden zurückgelassen. Sobald das Schlitzohr eine Frau kennenlernte, die genügend Vermögen besaß, gewann er zunächst ihr Vertrauen, um später mit den ganzen Moneten zu verschwinden. Henry war also ein Heiratsschwindler! Dieses Spiel trieb er schon über 15 Jahre, bis die Polizei ihn wegen eines anderen Deliktes kürzlich festnahm.

Jessica hat Recht, jetzt wird mir natürlich einiges klar. Zum Beispiel wie dieser Gauner mich aushorchte, ob ich in meinem Job gut verdiene oder ob ich ein Haus besäße. Jetzt weiß ich auch, warum er sich nach unserem Date nicht mehr meldete, das war ja offensichtlich, bei mir gibt es nichts zu holen, ich bin nicht steinreich, sondern sogar meilenweit davon entfernt. In diesem Fall bin ich sogar froh, dass ich nicht reich bin, dann kann ich nicht zum Opfer solcher Typen werden. Allerdings hätte mir auffallen müssen, dass der Schurke mit seinem angeblichen Geld herumprahlte. Das war schon sehr übertrieben, sein ganzer Auftritt mit dem teuren Wagen, dann die Sache mit dem Champagner, dass er immer nur teuren Champagner trinken würde. Sicherlich wollte dieser verlogene Kerl damit die Frauen beeindrucken und vor allem ihr Vertrauen gewinnen, um ihnen klarzumachen, dass er genug eigenes Geld aufweisen kann, er ist ganz schön raffiniert und hinterhältig dazu. Dabei frage ich mich nur, woher er so viel Kohle für diese Dates besaß. Weil mich das jetzt doch interessiert, muss ich da mal etwas im Internet recherchieren. Siehe da, die Eintrittspreise für die Rennbahn in Baden-Baden sind gar nicht so hoch, es kostet auch nicht viel mehr als ein Theaterbesuch. So kann man sich täuschen! Wie konnte er sich aber in aller Welt den Sportwagen leisten? Zunächst hatte er bestimmt von seinen Betrügereien noch Geld übrig und der Wagen war höchstwahrscheinlich nur für einen Tag gemietet. Wenigstens wurde er jetzt gefasst. Was bleibt, ist die Frage: Wie kann man nur mit den Gefühlen Anderer so umgehen?

XXIII.

illy rief mich soeben im Büro an und gab mir deutlich zu verstehen, dass es ihr gar nicht in den Sinn kommt, mit mir zusammen zu wohnen:

„Versteh' mich bitte nicht falsch, es wäre schon witzig, wenn wir beide zusammen eine Schwestern-WG hätten. Eigentlich wollte ich dir auch noch nichts davon erzählen, weil du nur wenig für dich behalten kannst. Aber gleich nach meiner Rückreise aus Thailand habe ich einen sehr netten jungen Mann kennengelernt. Mehr werde ich dir jetzt aber nicht von ihm erzählen, das erfährst du dann noch früh genug. Was ich damit sagen wollte, ich werde vielleicht in ein paar Wochen bei ihm einziehen. Ich hoffe, du verstehst das."

Daher weht also der Wind, es kam mir gleich seltsam vor, als sie bei unserem letzten Gespräch so zurückhaltend reagierte. Der Grund war also ihr neuer Liebhaber, das hätte ich mir gewissermaßen denken können. So war das bei Lilly andauernd, sie war nie lange allein. Aber neugierig bin ich jetzt schon auf ihren Lover. Wenn sie alles geheim hält und überhaupt nichts preisgeben will, macht mich das fast wahnsinnig. Wenigstens hat sie mich nun darüber aufgeklärt, warum sie kein Interesse hat, mit mir zusammen zu wohnen. Allenfalls war das eine spontane Idee, wer weiß, ob das gutgegangen wäre, oder ob wir am Ende Streit bekommen hätten, weil wir doch sehr unterschiedliche Auffassungen von Ordnung haben. Höchstwahrscheinlich ist es besser so. Den Gedanken abschüttelnd, wende ich mich wieder meiner Arbeit zu.

Um Dreiviertel Zwölf verlassen die Kunden, die ich gerade bedient habe, das Reisebüro, sodass ich nach ihnen abschließe, um Mittag zu machen. Eilfertig habe ich vor dem

Mittagessen die Dating-Seite aufgerufen und eine neue Nachricht von Sammo Hung aus Stuttgart erhalten. Sogleich kommt mir die Idee, am Samstag, wenn ich auf der Messe für Touristik in Stuttgart bin, mich mit ihm zu treffen. Am besten antworte ich ihm nach Feierabend und mache ihm gleich den Vorschlag für ein Treffen.

Gewöhnlich bleibe ich zu Mittag im Büro und esse meinen mitgebrachten Salat. Momentan habe ich aber kein Verlangen danach. Ferner besuche ich jetzt regelmäßig das Fitness-Studio und kann es mir deshalb auch mal leisten, nicht immer strikte Diät zu halten. Demzufolge streife ich meine weiße Jacke über, nehme meine dazu passende weiße Handtasche und laufe mit meiner Kollegin Jessica zum Italiener. Dort angekommen ist die Gaststätte wie üblich unter der Woche randvoll, aber wir finden noch einen freien Tisch an der Seite. Derzeit habe ich so einen Heißhunger auf Pasta und bestelle mir noch ein Glas Rotwein beim Kellner dazu.

Nach dem Essen lasse ich Jessica kurz allein, ich will noch schnell zur Toilette gehen, um den verwischten Lippenstift nachzuzeichnen. Die Bedienung erläutert mir den Weg, ich soll zunächst die Treppen hinunterlaufen, dann um die Ecke biegen und die dritte Tür hinten links aufsuchen. Aber soweit komme ich gar nicht. Als ich die unterste Treppenstufe erreiche, fällt mir hinten in einem dunklen Eck ein Paar auf, das sich gerade küsst. Das Pärchen gar nicht weiter beachtend, traue ich meinen Augen nicht, als ich ihnen näherkomme und bleibe plötzlich wie angewurzelt stehen. Die beiden haben ihre Augen beim Küssen geschlossen und bemerken meine Anwesenheit gar nicht. Nun sehe ich doch genauer hin. Ja, er ist es, jetzt habe ich keinen Zweifel mehr. Das ist David! Das wäre auch nicht weiter schlimm, wenn die Frau, die er küsst, seine Ehefrau wäre. Leider Gottes ist das nicht Tina, sondern eine mir unbekannte Frau. Völlig erstarrt, weiß ich nicht, ob ich mich da einmischen soll. Soll ich David hier zur Rede stellen? Lieber nicht, denn ich habe keine Lust auf eine Diskussion mit dieser Frau, wer auch immer sie ist. Obwohl David es schon verdient hätte, wenn ich ihm jetzt einen Schrecken einjage. Nein, ich will erst in Ruhe über die Situation nachdenken. Darum laufe ich die Treppe wieder hoch und dränge Jessica, dass wir sofort zahlen. Freilich kann sie nicht wissen, was ich soeben miterlebt habe, deswegen vertröste ich sie auf eine spätere Aufklärung. Ich sitze wie auf Kohlen, während wir auf die Rechnung warten, es kommt mir wie eine Ewigkeit vor. Hoffentlich sieht mich David hier beim Italiener nicht. Also behalte ich die Treppe im Auge, aber zum Glück erblicke ich die beiden nicht. Die Bedienung lässt sich aber Zeit, dann kommt sie endlich mit der Rechnung, wir bezahlen schnell und ich bin erleichtert, als ich schlussendlich mit Jessica hier abhauen kann. David hat meine Anwesenheit nicht wahrgenommen, es ist für mich schon schlimm genug, dass ich ihn mit einer anderen Frau beobachtet habe, einer direkten Konfrontation wollte ich aber aus dem Weg gehen.

Auf dem Rückweg in unser Reisebüro lässt mich Jessica nicht in Ruhe und will verständlicherweise wissen, warum ich so hektisch die Gaststätte verlassen wollte. Im Grunde sollte ich nicht darüber reden, aber ich muss das jetzt loswerden:

„Jessica, das ist jetzt so eine Sache, du darfst das nicht weitererzählen. Ich möchte nicht, dass Tina etwas davon erfährt."

Jessica ist konsterniert:

„Ja gut, aber wieso Tina? Das verstehe ich nicht."

Eben genau das meine ich auch gerade, ich kann die Situation noch nicht richtig einordnen:

„Also, ich sage das einfach kurz und knapp. Du kennst doch Tina und ihren Mann David. Ich habe vorhin, als ich im Restaurant die Treppe heruntergelaufen bin, David mit einer anderen Frau erwischt, er hat mich aber nicht gesehen.

Du darfst nicht darüber reden und im Büro nachher wechseln wir kein Wort mehr darüber, sonst bekommt das vielleicht irgendjemand mit, der das nicht hören soll."
Jessica ist gleichermaßen aus allen Wolken gefallen und damit einverstanden, dass wir uns im Büro nicht über die Geschehnisse unterhalten.

Am Abend als ich zu Hause bin, wird mir erst klar, was ich da beobachtet habe. Ich wünschte mir, dass ich nicht gerade in dem Moment an David vorbeigekommen wäre. Mir kommt es jetzt so bedeutungslos vor, warum ich an solch banale Dinge wie Lippenstift dachte. Aber ich konnte doch vorher nicht wissen, was ich dann erblickte. David, den ich, wenn man so will, in Flagranti erwischt habe. David, Tina und ihre gemeinsame Tochter erschienen mir immer wie die glücklichste Familie, die ich kenne. Ich dachte immer er würde sein Bestes für Tina tun, sie auf Händen tragen. Vielleicht hatte sich das in letzter Zeit geändert, aber Tina schien immer noch so zufrieden in der Ehe wie am Anfang. Warum hat David das getan? Will er Tina dem Anschein nach für diese Frau verlassen? Sie sah noch nicht mal besonders gut aus, Tina ist viel hübscher. Was findet er nur an der? Ich bezweifele aber, dass er Tina verlassen will, sonst würde er sich doch nicht heimlich mit dieser Frau in der Mittagspause treffen. Dann würde er das offen tun und sich von Tina scheiden lassen. Warum trifft er sich mit dieser Frau? Ist es nur der Kick für den Augenblick? Würde er dafür wirklich alles aufs Spiel setzen, seine Familie und Tina zu verlieren? Oder David liebt diese Frau wirklich, das wäre natürlich noch schlimmer für Tina. Ich verstehe die ganze Situation nicht. Deshalb werde ich mich als nächstes mit David unterhalten, ich muss von ihm erfahren, was da los ist und rufe ihn einfach auf dem Handy an:

„Hallo David, ist Tina gerade in deiner Nähe oder kann ich mit dir reden?"

David klingt aufgeregt:

„Nein, Tina ist gerade nicht hier. Warum? Willst du ihr eine Überraschung machen und dir einen Plan ausdenken?"
Das ist gar keine so schlechte Idee, unter diesem Vorwand könnte ich mich mit David treffen. Er würde nichts ahnend vorbeikommen und dann könnte ich ihm das ins Gesicht sagen, was ich über ihn denke.

„Ja. Können wir uns morgen nach Büroschluss kurz treffen? Komm bei mir zu Hause vorbei, dann können wir in Ruhe reden."
David zögert:

„Warte, ich sehe mal in meinem Terminkalender nach. Nein, morgen geht leider nicht, ich habe da schon ein wichtiges Treffen mit Geschäftskunden. Können wir das nicht auf Montag verschieben?"

Mir platzt gleich der Kragen und ich muss mich beherrschen, dass ich ihn nicht gleich am Telefon anbrülle. Ein wichtiges Treffen, von wegen! Und ich weiß auch mit wem, mit diesem Flittchen von heute Mittag. Aber ich reiße mich noch mal zusammen und der Montag ist beschlossene Sache. Na, der kann was erleben, wenn er vorbeikommt! Das war die beste Eingebung, dass er zu mir in die Wohnung kommen soll. Denn in einer Bar oder anderswo wäre es zu öffentlich gewesen. Außerdem weiß ich nicht, wie ich reagiere, vielleicht schreie ich ihn an, weil ich wütend auf ihn bin und das sollte lieber nicht in aller Öffentlichkeit stattfinden, sonst blamiere ich mich am Ende noch selbst. Zuerst werde ich mir von David Klarheit verschaffen, danach werde ich mir überlegen, wie ich Tina die ganze Situation erklären soll. Oder nein, besser noch, ich verlange von David ihr alles höchstpersönlich zu beichten.

rwartungsvoll halte ich mich vor der Touristeninformation „I-Punkt" in Stuttgart auf, ein bisschen geschlaucht von der Messe, die ich wie geplant vormittags besuchte, als mir jemand von hinten auf die Schulter tippt. Sammo Hung lächelt mich an und möchte mich ins Café entführen. Bei schönem Wetter schlendern wir smalltalkend am Schlossplatz vorbei, um anschließend an einem Tisch mit Blick auf das „Neue Schloss Stuttgart" beim Café „Künstlerbund" Platz zu nehmen. Bei einem Tee, kommt Sammo recht schnell auf den Grund unseres Treffens zu sprechen und schildert seinen ersten Eindruck von mir:

„Um dich nicht länger auf die Folter zu spannen, sage ich dir am besten gleich, ob ich mir vorstellen kann, dass wir beide ein Paar wären. Ich finde dich sehr aufgeschlossen, ich könnte mir gut vorstellen mit dir als Kumpel über alles zu reden. Aber du bist nicht so ganz der Typ Frau, der zu mir passt, also optisch meine ich jetzt. Ich mag lieber Frauen, die kleiner sind als ich. Das können viele nicht verstehen, aber wenn ich mit meinen Freunden unterwegs bin, sieht das nicht so gut aus, wenn ich der Einzige bin, der eine größere Frau an der Seite hat. Also das geht jetzt wirklich nicht gegen dich, oder so."

„Nein, ich bin dir sogar dankbar, dass du mir offen deine Meinung sagst, so weiß ich wenigstens, woran ich bin. Ehrlichkeit finde ich anerkennenswert, solange es nicht verletzend wirkt. Der Ton macht die Musik. So wie du das eben gesagt hast, empfinde ich es überhaupt nicht verletzend."

„Hast du schon gegessen oder möchtest du mich begleiten?"

Innerlich auf einen Abschied vorbereitet, nach dieser Offenbarung soeben, kommt seine Einladung völlig unerwartet.

„Wenn du noch willst?", füge ich verdutzt hinzu.

„Du meinst, weil ich dir eben erklärt habe, dass wir nicht zusammenpassen? Deswegen können wir trotzdem Essen gehen, mit dir ist das ein Vergnügen. Es wäre doch bedauernswert, wenn nun jeder von uns alleine essen würde. Ich mag deine Gesellschaft gerne, also komm doch mit."

Mit seiner einnehmenden Art kann Sammo mich schnell überreden; galant nimmt er meine Hand, indem ich mich bei ihm unterhake. Als wären wir alte Freunde, führt er mich durch die Königstraße bis zum Chinesischen Restaurant „FU GUI FANG". Bereitwillig überlasse ich ihm die Bestellung eines gemischten Tellers für 2 Personen, als Asiat kennt er sich bestimmt besser aus. Während wir uns lebhaft unterhalten, fällt mir erst auf, wie gutaussehend Sammo mit seinen dunklen Haaren und seinem spitzbübischen Lächeln ist. Vorhin im Café achtete ich eher auf den Gesprächsinhalt und versuchte mehr über seine Persönlichkeit zu erfahren. Gerade weil ich ihn augenblicklich so attraktiv finde, bin ich ihm sehr verbunden, dass er mir von Anfang an deutlich gemacht hat, wie unwahrscheinlich eine Beziehung zwischen uns beiden wäre, sonst würde ich mir in diesem Moment schon Hoffnungen machen, mit ihm zusammenzukommen. Irgendwie bin ich dadurch jetzt aufgeschlossener und kann mit Leichtigkeit über alles reden, ohne mir Gedanken machen zu müssen, dass ich meinem Gegenüber etwas von mir preisgebe, was dieser vielleicht nicht gutheißen könnte und dadurch das Date frühzeitig beendet. Zu seiner Ausstrahlung gesellt sich noch Sammos Freundlichkeit, so lobt er mich, wie ausgezeichnet ich mit Stäbchen essen kann, obwohl er natürlich viel geübter darin ist. Dabei hat er es gar nicht nötig, mir zu schmeicheln. Des Weiteren spricht Sammo auch seine früheren Beziehungen an und wieso sie gescheitert waren. Wie nahezu jedem Single in unserem Alter wurde auch ihm schon mehrmals das Herz gebrochen. Obwohl dies kein klassisches Date mehr ist, sondern eher ein Essen unter Gleichgesinnten, besteht Sammo darauf, die Rechnung zu begleichen:

„Das ist doch das Mindeste, was ich für dich tun kann! Immerhin bist du extra für mich nach Stuttgart gefahren", pflichtet er bei.

Das stimmt so natürlich nicht ganz, weil ich ja sowieso zur Messe nach Stuttgart gefahren bin, aber ich lasse mir das trotzdem gerne von ihm gefallen.

Wie selbstverständlich begleitet er mich zurück zum Hauptbahnhof und wartet mit mir auf meinen Zug nach Frankfurt. Bevor ich einsteige, gibt er mir noch ein Küsschen auf die Wange, umarmt mich und flüstert mir ins Ohr:

„Sei nicht traurig, wenn es heute nicht geklappt hat. Ich bin mir sicher du wirst bald den Richtigen finden. Pass auf dich auf! Wenn du mal wieder in Stuttgart bist, dann klingele bei mir durch!"

Als der Zug langsam losfährt, winkt Sammo mir zum Abschied. Komischerweise bin ich gar nicht traurig, weil wir trotzdem eine schöne Zeit zusammen hatten. Letztlich war er ehrlich zu mir, ohne dabei verletzend zu sein. Sammo ist einfach faszinierend und ich bin froh, ihn heute getroffen zu haben. Die Männer, die ich bisher kennengelernt habe, hätten in der Situation, wenn sie kein Interesse an mir gehabt hätten, das Date entweder schnell abgebrochen oder versucht mir dann eben an die Wäsche zu gehen. Aber zum Glück gibt es auch Männer wie Sammo, das lässt mich noch hoffen.

XXV.

o zappelig wie heute war ich schon lange nicht mehr. Schließlich darf ich endlich Lillys neuen Freund kennenlernen, bisher hat sie ein großes Geheimnis daraus gemacht. Wahrscheinlich würde sie ihn mir auch noch nicht vorstellen, wenn da nicht Max' Bekannter René wäre, mit dem mich Lilly gewiss unter allen Umständen verkuppeln möchte.

Neugierig betrete ich mit Lilly wie vereinbart die Bar und folge ihr zum Tisch, an dem die beiden Herren sitzen. Auch als wir näher an den Tisch treten, kann ich mir noch nicht vorstellen, welcher ihr Freund ist, bis Lilly mir Max und René vorstellt. Zunächst interessiert mich nur Max, denn vor allem möchte ich wissen, wen sich Lilly diesmal geangelt hat. Max ist sehr freundlich und mir fällt auf, wie verliebt er Lilly anhimmelt. Das ist doch schon ein gutes Zeichen. Obwohl es für mich noch ein ungewohntes Bild ist, die beiden händchen-haltend zusammen zu sehen, stellt sich bei mir das Gefühl ein, dass Lilly und Max gut zusammenpassen. Während ich Lilly und Max weiterhin im Auge behalte, verwickelt mich René in ein Gespräch. Er ist geschieden und hat ein Kind, das aber nicht bei ihm lebt. René erzählt ganz stolz von seiner kleinen Tochter. Das klingt nach einem Familienmenschen. Nach einer Weile verabschieden sich Lilly und Max schon, sie wollen uns extra allein lassen, aber im Moment ist mir das eigentlich recht. Dann kann ich mich ungestört mit René unterhalten. Zwi-schendurch entstehen dann immer wieder längere Pausen, die ich sehr unangenehm finde. Aber es ist auch nicht so einfach mit einem Menschen, den man gerade erst kennengelernt hat, ein geeignetes Thema zu finden. Also reden wir ein bisschen über die Arbeit und Hobbys. Alsdann fällt mir etwas an René auf. Als eine attraktive Frau an unserem Tisch vorbeiläuft, kann er seinen Blick nicht mal von ihr abwenden um mir zu antworten. Das finde ich unhöflich, weil ich ihm doch gerade gegenübersitze. Wenn diese Frau ihm gefällt, dann soll er doch zu ihr gehen und sie anbaggern, anstatt hier mit mir zu sitzen. Andererseits sind schöne Menschen nun mal immer ein Blickfang, wenn sie einen Raum betreten. Demnach schiebe ich diese Überlegungen beiseite und unterhalte mich weiter mit René. Aber dann passiert die nächste Taktlosigkeit. Die Bedienung serviert am Nachbartisch die Getränke als dem Gast ein Bierdeckel vom Tisch fällt. Während sie den Bierdeckel vom Boden aufhebt, bückt sie sich so tief, dass man ihre Unterwäsche erblickt. René fallen fast die Augen aus dem Kopf, man kann es ihm förmlich ansehen, wie er der Bedienung in Gedanken den Tanga, den man gut erkennen kann, auszieht. Jetzt reicht es mir endgültig. René schaut doch wirklich jeder Frau hinterher, er ist vielleicht ein Frauenheld oder würde es gerne sein. Wie auch immer, das ist mir völlig egal, auf so einen Mann kann ich gerne verzichten. Lilly hat mich allein mit René sitzen lassen, die Frage ist deshalb, wie ich ihn nun loswerde. Es wäre reine Zeitverschwendung sich weiter mit ihm zu unterhalten. Natürlich könnte ich ihm direkt ins Gesicht sagen, dass ich sein Verhalten äußerst unpassend finde. Aber als Macho würde er meinen Standpunkt nicht verstehen, er denkt bestimmt, sein Verhalten sei völlig normal. Also muss ich mir etwas anderes überlegen. Womit kann man Männer am besten abschrecken? Da fällt mir sofort das Passende dazu ein und ich gehe in die Offensive:

„Weißt du, es ist eigentlich so, dass ich gar keinen Mann suche. Im Prinzip geht es darum, dass ich unbedingt ein Kind haben möchte, dafür bleibt mir aber nicht mehr viel Zeit, wie du weißt, bin ich nicht mehr die Jüngste. Deshalb habe ich beschlossen, alleine ein Kind aufzuziehen. Es wäre nicht fair

dich heute Nacht zu benutzen und dir meine wahren Absichten vorzuenthalten. Deshalb frage ich dich jetzt ganz offen, ob du unter diesen Umständen eine Nacht, oder vielleicht mehrere mit mir verbringen würdest."

René schaut mich fassungslos an, seine Mine hat sich verfinstert:

„Gegen eine Nacht habe ich grundsätzlich nichts einzuwenden. Aber das kannst du doch nicht ernsthaft von mir verlangen. Du weißt, dass ich schon ein Kind habe. Ich will im Moment keine weiteren Kinder, vielleicht in ein paar Jahren, wenn ich weiß, ob eine Beziehung lang genug hält. Ich will und kann mich jetzt nicht um ein weiteres Kind kümmern."

Gut, er hat mir diese Geschichte also abgenommen, aber ich lasse ihn noch ein bisschen zappeln:

„Du hättest keinerlei weitere Verpflichtungen, du musst dich nicht um das Kind kümmern, ich sorge schon allein dafür."

René wehrt ab:

„Nein, tut mir leid. Dafür musst du dir einen anderen suchen. Ich muss jetzt langsam auch los. Sollen wir dann zahlen?"

Verständnisvoll nicke ich. Mein Plan ist aufgegangen. So schnell wird man einen Mann wieder los. Man muss ihm nur erzählen, dass man Kinder haben will und das so schnell wie möglich. Irgendwie habe ich ihm aber auch zum Teil die Wahrheit gesagt. Schließlich wünsche ich mir so sehnlichst ein Kind und habe wirklich nicht jahrelang Zeit, um abzuwarten, ob eine Beziehung funktioniert. Natürlich würde es mir trotzdem nicht in den Sinn kommen, einen Mann auszunutzen. Aber wie so oft steckt in jeder Lüge auch ein Kern Wahrheit. Dann kommt die Bedienung vorbei, die der Auslöser für all das war. Sie gibt René die Rechnung, er bezahlt für uns beide. Daraufhin verlassen wir gemeinsam die Bar und er macht sich aus dem Staub.

XXVI.

ünktlich erscheint David am Montag bei mir zu Hause. Er begrüßt mich, lächelt verlegen und setzt sich auf mein Sofa. Noch lächelt er, aber nicht mehr lange! David ist anscheinend immer noch der Meinung, dass ich mir eine Überraschung für seine Frau Tina ausgedacht habe. Ich ließ ihn in dem Glauben, damit er sich in Sicherheit wiegt, umso härter werde ich ihn mit der Realität konfrontieren. Ich will sehen wie er darauf reagiert. Hoffentlich ist er genauso schockiert wie ich damals im Restaurant. David fragt ganz unschuldig:

„Rebecca, verrätst du mir jetzt endlich welche Überraschung du für Tinas Geburtstag hast? Und wie kann ich dir dabei helfen?"

Triumphierend schaue ich ihn an und spanne ihn noch ein bisschen auf die Folter:

„Du hast mir schon dabei geholfen, ohne es zu wissen. Allerdings bin ich mir nicht so sicher, ob sich Tina darüber freuen wird."

David ahnt noch nichts, sieht mich aber etwas verwundert an:

„Was habe ich damit zu tun? Ich dachte es wäre Sinn und Zweck Tina eine Freude zu machen."

Geradewegs lasse ich die Katze aus dem Sack:

„Wie konntest du das nur tun? Tina ist meine beste Freundin und sie hat etwas Besseres verdient! Aber jetzt weiß ich alles, ich habe dich sozusagen auf frischer Tat ertappt. Im Restaurant habe ich dich mit einer anderen Frau gesehen!"

David schaut mich entsetzt an, runzelt die Stirn und fährt nach kurzer Gedankenpause fort:

„Also Rebecca, das ist doch lächerlich, natürlich gehe ich auch mal mit Kunden oder Kundinnen zum Geschäftsessen, deswegen musst du doch nicht gleich so ein Theater machen."

Am liebsten würde ich ihm gleich an die Gurgel springen, aber ich beherrsche mich:

„Es bringt überhaupt nichts, wenn du versuchst dich aus der Sache herauszureden. Wenn es so harmlos gewesen wäre, dann hätte ich dich bestimmt nicht hierher zitiert. Ich habe gesehen, wie du mit ihr in dem dunklen Eck herumgemacht hast, du hast sie geküsst! Und ich musste mir das alles noch ansehen. Glaube bloß nicht, dass ich dich verwechselt habe, ich habe natürlich ganz genau hingesehen."

Davids Gesichtszüge entgleiten ihm, völlig entsetzt schaut er mich an:

„Aber da war niemand, ich habe mich doch vorher umgeschaut."

Jetzt habe ich ihn erwischt:

„So, dann gibst du es also zu! Natürlich hast du mich nicht bemerkt, ich bin nur vorbeigelaufen und außerdem warst du ja viel zu beschäftigt! Mit wem, will ich gar nicht wissen. Solche Frauen kann ich nicht verstehen, sie finden es wohl interessant, sich an Männer von anderen Frauen heranzumachen. Obwohl, wer weiß, vielleicht hast du ihr gar nicht erzählt, dass du verheiratet bist und ein Kind hast. Und ich dachte immer, du wärst anders als die meisten Männer. Tina hätte es so verdient. Erklär mir bitte, was das eigentlich soll!"

David wirkt völlig versteinert, man sieht ihm an, dass er sich jetzt am liebsten irgendwo verkriechen würde. Aber so schnell kommt er mir nicht davon, er muss mir jetzt Rede und Antwort stehen, schließlich hat er mich in eine ziemlich blöde Lage gebracht. Angestrengt überlegt er, wie er das widerlegen soll:

„Eigentlich geht dich das Ganze überhaupt nichts an. Ich weiß, du bist Tinas Freundin und meinst es nur gut mit ihr, aber das ist eine Sache zwischen Tina und mir."

Irgendwie hat er schon Recht:

„Also gut. Meinetwegen brauchst du mir gar nichts erzählen. Was ich jetzt von dir halte, ist dir ja klar, aber darum geht es nicht. Dann erwarte ich aber von dir, dass du Tina alles beichtest."

Flehend sieht David mich an, er wirkt jetzt fast verzweifelt:

„Das kann ich auf keinen Fall tun. Damit würde ich nicht nur ihr Herz brechen, sondern auch unsere Familie zerstören. Verstehst du das denn nicht?"

Trotzdem bleibe ich hart:

„Daran hättest du vorher denken sollen, bevor du dich mit einer anderen Frau eingelassen hast. Jetzt ist es zu spät."

Er schüttelt den Kopf:

„Du bist eine Frau, du verstehst das nicht. Tina bedeutet mir sehr viel. Du glaubst mir wahrscheinlich nicht, aber die andere Frau ist mir egal. Sie weiß, dass ich verheiratet bin und wir treffen uns ab und zu, um ein bisschen Spaß zu haben, nichts weiter. Es ist nur ein Abenteuer, deswegen möchte ich nicht meine Familie verlieren."

Seine Verteidigungsversuche schlagen bei mir fehl:

„Wie kannst du für ein Abenteuer alles aufs Spiel setzen? Hast du dir nicht schon vorher darüber Gedanken gemacht? Ich nehme doch stark an, dass sie dich nicht einfach überrumpelt hat, sondern dass du genau gewusst hast, was du tust."

David fühlt sich jetzt richtig angegriffen:

„Was verstehst du schon davon. Du bist nicht verheiratet. Tina ist meine Frau, es ist anders, wenn ich mich mit einer Geliebten treffe!"

Trotzdem bleibe ich kategorisch bei meinem Standpunkt:

„Du musst selbst wissen, was du tust. Also wenn du Tina nichts davon erzählen willst, dann werde ich das tun müssen. Aber es wäre besser, wenn sie es zuerst von dir erfahren würde."

Dabei kommt mir zum ersten Mal der Gedanke, was wäre, wenn Tina mir gar nicht glaubt, dass ihr Mann fremd geht? Sie ist so überzeugt von seiner Liebe und Unschuld, dass sie ihn bestimmt verteidigen würde. David reagiert zornig:

„Ja, erzähl es ihr ruhig! Ruf sie am besten gleich an, bevor ich nach Hause komme. Dann hast du es endlich geschafft und meine Familie zerstört. Du bist doch nur neidisch auf Tina und willst ihr alles kaputt machen, weil du es nicht ertragen kannst, eine glückliche Familie zu sehen. Also wenn es das ist, was du willst, dann erzähle Tina alles und mache sie unglücklich!"

Mit den letzten Worten verlässt er meine Wohnung und schlägt die Tür hinter sich zu. David verschwindet einfach und überlässt mir die Entscheidung. Nicht nur das, er legt mir die Verantwortung für Tinas Glück in die Hände. Mir schießen gerade tausend Gedanken durch den Kopf, die völlig wirr sind.

Deswegen muss ich jetzt an die frische Luft, und am besten kann ich beim Joggen nachdenken. Also ziehe ich schnell meinen Trainingsanzug an und laufe ein Stück durch den Wald. Vielleicht kann ich dann besser darüber nachdenken. Zunächst konzentriere ich mich aufs Laufen und meine Atmung und denke an gar nichts. Dann gehen mir einzelne Gesprächsfetzen durch den Kopf, was David gesagt hat, wie er versucht hat, sich zu verteidigen, und alles auch ein wenig zu verharmlosen. Er scheint nicht mal ein schlechtes Gewissen zu haben, weil er fremdgeht. Vielleicht hat er manchmal doch eins, aber nicht oft genug, dass er damit aufhören würde. Und Tina spielt er dann die heile Welt vor. Ich will gar nicht daran denken. Tina ist völlig ahnungslos, sie glaubt wirklich, es wäre alles in Ordnung. Sie schwärmt mir ja immer noch vor, wie toll ihr Mann ist. Soll ich ihr diesen Traum wirklich zerstören? Anscheinend liebt er Tina immer noch und ich glaube ihm auch, dass ihm die andere Frau egal ist. Er will bei seiner Familie bleiben. Was soll ich da nur tun? Wenn ich es Tina sage, dann habe ich ein reines Gewissen, aber Tina ist dann völlig am Boden zerstört, das ist das Letzte, was ich ihr antun will. Wenn ich das mit ins Grab nehme, dann muss ich mich immer beherrschen, obwohl ich die Wahrheit weiß. Wie kann ich Tina von ihrem David schwärmen lassen, obwohl ich genau weiß, dass er sie betrügt. Damit werde ich wohl leben müssen, denn ich kann das einfach nicht tun. Ich will Tina nie so unglücklich sehen, außerdem soll sie ruhig glauben, dass sie eine perfekte Familie hat. Was ist schon so schlimm daran, besser sie glaubt daran, als ihr Leben zu zerstören, niemand hätte etwas davon, wenn die Wahrheit ans Tageslicht kommt. Langsam geht mir die Luft beim Joggen aus, da bin ich auch schon wieder zu Hause angekommen. Und ich habe meinen Entschluss gefasst. Tina wird von mir niemals erfahren, was ich da im Restaurant beobachtet habe. Von mir wird sie nie hören, dass ihr Mann sie betrogen hat. Damit muss ich jetzt leben, aber was ist das schon im Vergleich dazu, dass ich Tina vor einem größeren Unglück bewahren kann.

Bis zum Feierabend waren nur zwei Kunden im Reisebüro vorbeigekommen und keiner von ihnen hat eine Reise gebucht. In letzter Zeit läuft es nicht besonders gut. Die Meisten wollen nur noch billige Last – Minute – Angebote, die sie sich leisten können. Wir sind manchmal für ein paar Stunden zu dritt im Büro, früher waren wir noch sechs Mitarbeiter. Ich wünschte, dass wir wieder mehr Kunden hätten und so viel los wäre, wie vor zwei Jahren. Damals war es zwar sehr stressig im Büro, aber besser, als wenn sich der Tag so hinzieht. Während ich aufräume und Kataloge in die Regale einsortiere, verkündet mir Stefan, dass er heute mit seinen Freunden zum Billard spielen geht. Mein Arbeitskollege lädt mich ein, mitzukommen. Billard habe ich nur selten gespielt, aber es ist immer noch besser, als abends alleine vor dem Fernseher zu sitzen. Gerne nehme ich das Angebot von Stefan an. Anschließend schließt er das Reisebüro ab und wir schlendern gemütlich durch die Innenstadt.

Am Eingang vor dem Billardcafé begrüßt Stefan zunächst seine Freunde und stellt mir dann Johnny, Nick und Eva vor. Nick fragt die Bedienung am Tresen, wann wir einen Billardtisch bekommen könnten, denn im Moment sind alle besetzt. Wir müssten uns noch eine Weile gedulden, hieß es. Also fangen wir mit einer Runde Dart an, denn die Dartscheibe ist im Moment frei. Eva scheint schon öfter Dart gespielt zu haben, fast alle Pfeile landen bei ihr in der Mitte. Bei diesem Spiel ist sie die absolute Königin. Ich treffe zwar nicht besonders gut, aber wenigstens die Scheibe, es wäre doch zu peinlich gewesen, wenn sie diese verfehlt hätte. Überraschend wird ein Billardtisch frei, das Warten hat sich gelohnt. Johnny erklärt kurz die Spielregeln, bei mir ist es schon lange her, dass ich am Billardtisch stand. Johnny und Nick bilden ein Team und ich spiele mit Stefan zusammen, wir sind sonst auch im Büro schon ein eingespieltes Team, mal sehen wie es hier läuft. Eva ist der Auswechselspieler. Es geht los, Nick hat mit seinem harten und präzisen Anstoß die Kugeln ganz gut verteilt. Ab und zu lässt Johnny Eva auch mal an seiner Stelle spielen. Nach meinem dritten Stoß, schafft es sogar eine Kugel ins Loch, aber das nennt man wohl landläufig Anfängerglück. Erstaunlicherweise gehen drei weitere Kugeln von mir ins Loch. Stefan ist perplex, dass ich das mit wenig Spielpraxis geschafft habe. Dabei habe ich Stefan so beeindruckt, dass er sogar die nächste Runde mit mir zusammen spielen will, denn wer ist nicht gerne auf der Gewinnerseite. Dazwischen unterhalte ich mich ein wenig mit Johnny, Nick und Eva. Richtige Gespräche kommen jedoch nicht zustande, weil bald darauf der Nächste an der Reihe ist. Zeitweilig bin ich auf den Billardtisch fixiert und überlege mir, wie ich den nächsten Stoß über die Bande spielen kann. Seit ich das erste Spiel mit Stefan gewonnen habe, finde ich Gefallen daran und überlege mir eine Strategie, bevor ich an der Reihe bin. Nach drei Spielrunden am Billardtisch hören wir endgültig auf. Eigentlich würden wir uns gerne noch an einen Tisch setzen und gemütlich plaudern, aber die Spiele haben doch länger gedauert als erwartet. Weil wir alle nicht mehr zwanzig sind, werden wir die Nacht nicht durchmachen, sondern brav nach Hause gehen, damit wir morgen früh ganz frisch und erholt auf der Arbeit erscheinen. Johnny gibt die Billardkugeln an der Theke ab, wir teilen uns die Kosten für den Tisch und verabschieden uns voneinander. Indes fragt mich Nick, ob ich mal mit ihm ausgehen würde. Ohne ein konkretes Treffen auszumachen, tauschen wir lediglich unsere Telefonnummern aus.

ina holt mich zum Fotoshooting ab. Zu ihrem Geburtstag bekam sie von ihren Freunden dafür einen Gutschein geschenkt. Das war gewissermaßen meine Idee, ich fand schon immer, dass sie einfach wunderschön aussieht, eben wie ein Model, sogar die richtige Figur hat sie dafür und das obwohl sie schon Mutter ist. Sie hat ein hübsches Gesicht, blaue Augen, blondgefärbte lange, glatte Haare, die sie meistens hochgesteckt hat. Verständlicherweise ist Tina sehr aufgeregt, am meisten freut sie sich darauf, schöne Kleider anzuprobieren.

Mittlerweile sind wir angekommen und betreten das Fotostudio. Als ob sie den ganzen Tag auf uns gewartet hätten, stürzt sich ein ganzes Team auf uns. Zunächst betrachten sie Tina genau und bieten ihr anschließend verschiedene Stoffe an, aus denen sie sich aussuchen soll, was sie anziehen möchte. Man muss wirklich Stoffe dazu sagen, denn das sind keine Klamotten von der Stange, es sind zum Teil nur Stofffetzen, die unregelmäßige Schnitte haben, man kann bisweilen nur ahnen, dass das Stückchen Stoff ein Rock oder eine Bluse sein soll. Tina wirkt so unsicher wie ich mich fühle, das ist für uns beide Neuland. Logischerweise können wir es uns nicht leisten, auf irgendwelchen Modeschauen von Designern herumzulaufen. Dementsprechend lässt sich Tina von den Frauen, die die Kleidungsstücke ausgesucht haben, beraten und wählt die Kleider aus, die sie angeboten bekommt, gelegentlich lehnt sie ab, weil es ihr doch zu gewagt scheint. Nachdem die Vorauswahl stattgefunden hat, kümmert sich ein Frisör um ihre Haare, die wild in alle Richtungen gesteckt werden. Hinterher sehen Tinas Haare aus wie ein Spinnengewebe, in dem alle Fäden durcheinander gesponnen sind. Geduldig lässt meine Freundin die Visagistin ein außergewöhnliches Make-up auflegen, neben den Augenbrauen malt sie einen roten Streifen ins Gesicht, das später aussieht, als ob sie eine rote Schleife darüber gebunden hätte, mit zwei Löchern frei für die Augen. Jetzt wird's wirklich interessant. Tina zieht kein Kleidungsstück an, sondern wird von zwei Frauen mit breiten weißen Bändern eingewickelt. Nur schwer kann ich mir das Lachen verkneifen, das erinnert mich doch stark an Partyspiele, bei denen jemand in WC-Papier eingewickelt wird, so dass man sich nicht mehr bewegen kann. Bei Tina, muss ich zugeben, sieht das natürlich viel besser aus, die Bandagen sind weit auseinandergewickelt, so dass viel Haut zu sehen ist. Nach gefühlten zehn Stunden ist Tina endlich soweit, um mit dem eigentlichen Teil anzufangen. Der Fotograf gibt ihr Anweisungen für bestimmte Posen und macht dazwischen sehr viele Bilder. Dabei kann ich mir gar nicht vorstellen, wie lange er später dafür braucht, alle Fotos durchzuschauen. Sobald die Fotos für den ersten Teil gemacht sind, wird Tina wieder aus den Bandagen befreit.

Die ganze Prozedur geht nun wieder von vorne los, zuerst richtet der Frisör ihre Haare, dann bekommt sie von der Visagistin ein neues passendes Make-up und zum Schluss kommt das Outfit. Diesmal hat sie lockige Haare und einen grünen, schräg nach unten geschnittenen Rock an. Das Oberteil ist an einer Seite schulterfrei. Der Fotograf braucht diesmal deutlich länger, weil Tina anscheinend seinen Anweisungen nicht ganz folgen kann. Er verbessert sie ständig, zum Beispiel gefällt ihm der Gesichtsausdruck von Tina noch nicht. Das ist aber auch nicht so leicht für sie, schließlich macht sie zum ersten Mal ein Fotoshooting. Für eine Anfängerin finde ich, macht sie das schon sehr gut.

Als nächstes Outfit hat sich Tina ein langes blaues Abendkleid ausgewählt, das gefällt mir persönlich am besten.

Das Kleid ist mit kleinen Perlen bestickt, sie sieht darin perfekt aus und könnte damit sogar auf dem Opernball erscheinen.

Nachdem die Arbeit getan ist, verschwindet der Fotograf im Zimmer nebenan.

Bei einer Tasse Kaffee erkundigt sich Tina in der Zwischenzeit:

„Wann hast du eigentlich deine nächste Verabredung und vor allem mit wem?"

„Zuletzt habe ich Nick getroffen, er hat versprochen mich nochmal auszuführen, sich aber noch nicht gemeldet. Als nächstes gehe ich mit Bo ins Kino, den habe ich übers Internet kennengelernt, also wir haben uns geschrieben, aber noch nicht getroffen."

„Also ich weiß echt nicht, wie du das machst, ich würde da total den Überblick verlieren."

Plötzlich stellt der Fotograf sein Notebook auf den Tisch vor uns hin und wir sehen die ersten Bilder, ein ganzer Fotoband wird später folgen. Meine Freundin hat wirklich eine Menge Talent. Mal sieht sie frech und mal sexy aus. Dabei ist Tina überzeugt, dass ihrem Mann David die Fotos gut gefallen werden und er seine Ehefrau mal ganz anders sieht, so wie er sie vorher noch nie sah. Ganz stolz darauf, dass sie professionelle Fotos machen ließ, solange sie noch jung und gut aussieht, offenbart sie mir ihre Angst davor älter zu werden. Sobald ihre Schönheit verfliegt wird sich ihr Mann vielleicht nach einer jüngeren, noch nicht verblühten Frau umschauen, ist ihre Sorge. Wenn Tina wüsste, dass David das schon längst getan hat. Also er hat zwar keine jüngere und sie sieht auch nicht besser aus, aber das kann ich ihr im Moment nicht eröffnen. Mein Versuch mich auf Tina und das Fotoshooting zu konzentrieren und dabei nicht an Davids Fehltritt zu denken, ist nun fehlgeschlagen und meine Gewissensbisse holen mich wieder ein. Eigentlich müsste ich ihr die Wahrheit über ihren Ehemann und seine Affäre offenbaren. Momentan ist aber nicht der richtige Zeitpunkt dafür, die Frage ist, ob es überhaupt einen richtigen Zeitpunkt dafür gibt, jemandem zu sagen, dass er betrogen wird. Obwohl ich den Entschluss gefasst hatte, Tina nichts zu verraten, wird mich das Thema wohl immer wieder beschäftigen und ich werde mich erneut entscheiden müssen. Also was ist mir lieber, dass ich in diesem Augenblick kein schlechtes Gefühl habe oder dass Tina glücklich ist? Natürlich letzteres, deswegen ist auch klar, dass ich jetzt nicht weiter darüber nachdenken darf. Was sie nicht weiß, macht sie nicht heiß!

So und nun betrachte ich mir die glanzvollen Fotos von Tina und fordere sie auf, mir unbedingt auch welche zu schicken. Wie erwartet sieht Tina darauf wirklich wunderschön aus, ich wünschte, ich könnte von mir auch solch ästhetische Bilder machen lassen, aber ich bin bei weitem nicht so hübsch wie Tina. Eigentlich schade, dass sie nicht schon früher Fotos von einem Profi anfertigen ließ, vielleicht hätte sie als Model Karriere gemacht. Aber das ist bestimmt auch kein leichter Job, da hätte sie dann ganz genau auf ihr Gewicht achten müssen und zwischendurch kein Gramm zu viel haben dürfen. Am Ende sind wir beide glücklich über das Shooting und die makellosen Bilder und ich bin schon sehr gespannt auf das Fotobuch, das Tina nächste Woche abholen darf.

XXIX.

nmitten der Menschenmenge vor der Kinokasse hat Bo mich gefunden, angeblich hat er mich sofort von meinem Foto im Internet erkannt. Bo ist sehr groß und nicht nur schlank, sondern recht schmal gebaut für einen Mann, wäre er eine Frau würde ich sagen, es ist ein abgehungertes Model. Gemeinsam holen wir die Kinokarten und begeben uns langsam mit der Menschentraube in den Kinosaal. Anscheinend hatten auch Andere die Idee am Montagabend in die Sneak-Preview zu gehen, das ist besonders spannend nicht zu wissen, welcher Film gezeigt wird. Gleich geht das Licht aus und nach der Werbung geht es endlich los. Der Film läuft kaum eine halbe Stunde, da hält sich Bo immer wieder kurz die Hände vor die Augen und zuckt jedes Mal zusammen, wenn im Film geschossen wird. Sein sensibles Verhalten kommt mir schon seltsam vor. Als er merkt wie ich ihn von der Seite beobachte, gibt er mir zu verstehen, dass er die Art von Film eigentlich nie anschaut, die wären ihm zu hart, wenn da rumgeballert wird. Zugegebenermaßen bin ich auch nicht gerade begeistert von diesen Schießereien und Explosionen in Actionstreifen, aber man ist doch vom Fernsehen schon einiges gewohnt und erschreckt nicht immer wie ein kleines Kind. Mich langweilen solche Szenen, bestenfalls sind sie ein retardierendes Moment, ich will lieber wissen wie die Handlung weiter geht. Irgendwie kann ich Bo nicht verstehen, bei einem üblen Horrorfilm wären seine Reaktionen noch verständlich, aber hier handelt es sich lediglich um einen harmlosen Actionfilm. Obschon ich den Film gerne bis zum Ende sehen möchte, erkundige ich mich trotzdem aus Rücksichtnahme:

„Sollen wir gehen, wenn dir der Film nicht gefällt?"

„Wir haben ihn ja bezahlt, dann schauen wir ihn auch bis zum Schluss."

Tatsächlich hat er es bis zum Ende durchgehalten, sodass wir anschließend noch in einer Bar darüber sprechen können. Zögerlich lenkt er das Gespräch in eine andere Richtung und horcht mich aus, ohne, dass er sich traut mich dabei anzusehen:

„Und wie findest du mich?"

„Ich weiß noch nicht genau, wir haben uns heute zum ersten Mal gesehen, aber du bist schon irgendwie anders als die Männer, die ich bisher getroffen habe. Vielleicht liegt das an deiner sensiblen Art und deiner kreativen künstlerischen Ader, wie du mir eben erzählt hast."

„Du hast es gleich gemerkt, dass ich anders bin, dann kann ich dir jetzt auch sagen, dass ich bisexuell bin."

„Wieso suchst du jetzt eine Frau? Hast du gerade einen Freund?", versuche ich herauszufinden.

„Nein, ich habe gerade niemanden. Mein letzter Freund hat mich vor einem halben Jahr verlassen. Ich hätte gerne wieder eine Frau an meiner Seite, ich finde Frauen so bezaubernd, so wie dich. Aber am liebsten wäre mir natürlich eine Dreier-Wohngemeinschaft. Könntest du dir vorstellen mit zwei Männern zusammen zu sein?"

„Diese Frage hat mir noch keiner gestellt. Mit zwei Männern Sex zu haben, ist eine Sache, aber zwei Männer zur gleichen Zeit zu lieben, kann ich mir nicht vorstellen", gebe ich offen zu.

„Du hast doch auch schon mehrere Beziehungen hinter dir und jeden Mann damals geliebt. Stell dir vor, du würdest zwei von ihnen parallel treffen und dich in beide verlieben, das könnte doch auch passieren."

„Trotzdem glaube ich nicht, dass ich mich in einer Dreiecksbeziehung zurechtfinden würde, ich stelle mir vor, dass *es sehr kompliziert ist und Eifersucht an der Tagesordnung ist. Das würde ich nicht aushalten."*

Von nun an lässt Bo das Thema auf sich beruhen. Mittlerweile dürfte ihm klar geworden sein, dass sein Lebensmodell nicht für mich in Frage kommt. Dann verlassen wir das Szenelokal. Seine Hand beim Abschied auf meine Schulter legend bittet Bo mit wehleidiger Miene:

„Denk noch mal darüber nach. Vielleicht gibst du mir noch eine Chance. Wenn du deine Meinung änderst, dann zögere nicht, dich bei mir zu melden, auch wenn das erst in einem Jahr sein sollte. OK?"

Ihm das geforderte Versprechen gebend, mache ich mich auf den Heimweg. Unterwegs schießen mir viele Gedanken durch den Kopf, der Abend war alles andere als gewöhnlich und ich kann nicht erklären warum, aber ich empfinde tiefes Mitleid für Bo. Das Schlimmste wäre eine Beziehung aus Mitleid zu beginnen, das würde uns beiden nicht guttun. Also kann ich Bo leider nicht helfen, obwohl ich das gerne würde, weil ich Menschen nicht gerne so traurig sehe.

XXX.

en Telefonhörer lege ich wieder auf die Station zurück und bin zufrieden. Nick hat sich wie versprochen tatsächlich nochmal bei mir gemeldet. Sein Vorschlag am Sonntag zusammen die neue Kunstausstellung zu besuchen erstaunt mich. Damit hat er genau meinen Geschmack getroffen. Die Ausstellung wollte ich mir schon lange ansehen, allerdings wäre mir nie in den Sinn gekommen, dass ich da mit einem Mann hingehe. Woher wusste er, dass mir Kunst gefällt? Gewiss steckt mein Kollege dahinter, Nick hat sich wahrscheinlich bei Stefan über mich erkundigt. Egal woher er das weiß, es ist auf jeden Fall nett von ihm, dass er mitgeht. Ich freue mich schon auf die Ausstellung, aber natürlich auch auf Nick. Er gefällt mir, aber das ist kein gutes Zeichen. Das Pech verfolgt mich, immer wenn ich einen Mann anziehend finde, ist dieser nicht an mir interessiert.

Endlich ist Sonntag und ich treffe Nick vor dem Museum. An der Garderobe hilft er mir aus der Jacke. Ferner wagen wir uns in die ersten Ausstellungsräume. Er sieht sich einige Skulpturen näher an, während ich verschiedene Gemälde betrachte. An einer Skizze bleibe ich länger stehen, Nick gesellt sich dazu und betrachtet es wortlos. Nach einer Weile breche ich das Schweigen und erkläre ihm, welche Stimmung das Bild bei mir hinterlässt. Nick empfindet das anders und zeigt mir Details, die mir vorher nicht aufgefallen waren. Nun sehe ich das Bild mal aus einem anderen Blickwinkel. Nick entschuldigt sich, er hätte wenig Ahnung von Kunst. Manchmal ist das gar nicht so schlecht, wenn man beim Betrachten eines Gemäldes nichts über den Maler oder das Motiv weiß, dann ist man unvoreingenommen. Außerdem sieht jeder Mensch dasselbe

Bild unterschiedlich, das hängt von seinem Alter und den Erfahrungen ab, die er gemacht hat. Ab und an erzähle ich Nick von den Malern, über die ich schon viel gelesen habe. Sein Interesse bekundet er, indem er mir auch einige Fragen dazu stellt. Nach geschlagenen zwei Stunden sind wir mit der neuen Ausstellung durch. Das Museum ist natürlich viel größer, aber den Rest kenne ich auch schon von früheren Besuchen. Neben dem Ausgang lässt er mir noch Zeit im Museumshop zu stöbern. Danach verlassen wir das Museum und er lädt mich noch auf einen Kaffee bei sich ein, weil er nur zwei Straßen weiter wohnt. Kaum hat der kleine Spaziergang begonnen sind wir schon bei seiner Wohnung angelangt.

Nick macht seine Wohnungstür auf, bittet mich herein, bietet mir einen Stuhl an und verschwindet dann kurz in seiner Küche. Unterdessen schaue ich mich in seinem Wohnzimmer, in dem ich gerade sitze, um. Mir fällt sofort auf, wie ordentlich alles an seinem Platz steht. Er kommt mit seinem Kaffee und meinem Tee aus der Küche und setzt sich zu mir. Entspannt plaudern wir über den Musikgeschmack, die neuesten Kinofilme und zum Schluss kommt das Thema „gescheiterte Beziehungen". Gewissermaßen leiden Männer genauso stark unter einer Trennung wie Frauen. Nick ist sehr freundlich, ich kann gar nicht verstehen, wie ihn eine Frau überhaupt verlassen kann. Zu vorgerückter Stunde verabschiede ich mich dann von ihm, daneben bedanke ich mich für den schönen Sonntagnachmittag und wir vereinbaren in Kontakt zu bleiben. Freilich hätte ich mich noch länger mit Nick unterhalten, aber schließlich will ich nicht bei ihm übernachten.

ach der Arbeit schlendere ich durch die Innenstadt an kleineren Boutiquen entlang. Einstweilen kann ich es mir nicht verkneifen auch bei diversen Schuhgeschäften halt zu machen. Da ist wieder das Gefühl, dass ich diese Schuhe unbedingt haben muss. Aber in dem Moment fällt mir auch wieder mein Abstellraum ein, dort habe ich sämtliche Schuhe, die ich jemals gekauft habe, übereinandergestapelt. Naja, um es genau zu sagen, die Schuhe liegen eher wild durcheinander und ich habe schon lange kein Überblick mehr. Gerne hätte ich einen schönen Raum, nur für meine Schuhe, aber der Abstellraum ist zu klein, um ihn dafür umzubauen. Deswegen kommt eigentlich nur ein kleiner Schuhschrank in Frage, den ich im Flur abstellen kann.

Das ist die Idee! Statt mir jetzt wieder neue Schuhe zu kaufen, mache ich mich auf die Suche nach einem Schuhschrank in einem Möbelgeschäft. Zu meinem Erstaunen gibt es dort mehr Schuhschränke, als ich dachte. Vermutlich, weil es ebenso viele Frauen gibt, die das gleiche Schuhproblem haben wie ich. Die große Auswahl verwirrt mich und ich hätte gerne eine Beratung von einem Verkäufer, bisher habe ich aber nur eine Verkäuferin entdeckt, die derzeit noch zwei Kunden bedient. Als ich ihr dann endlich meine Fragen stellen kann, muss ich feststellen, dass sie für eine andere Abteilung zuständig ist, aber wenigstens kann sie mir jemand schicken, der mich beraten kann. Zurück in der Abteilung mit den Schuhschränken und Regalen und nachdem ich eine Ewigkeit gewartet habe, entscheide ich mich für einen mittelgroßen Schuhschrank. Direkt in dem Moment als meine Entscheidung gefallen ist, taucht der Verkäufer auf. Eine Beratung kann er sich allerdings schenken. Für das Möbelstück, das ich ausgewählt habe, bekomme ich vom Verkäufer einen Zettel ausgefüllt, mit dem ich später an der Warenausgabe mein Paket abhole. Das Paket lade ich in mein Auto. Zum Glück war das kein großer Schuhschrank, deshalb ist das Ganze nicht allzu schwer.

Zu Hause angekommen mache ich den Karton mit dem Tapeziermesser auf und betrachte erst einmal die ganzen Einzelteile, die dann zusammengefügt so aussehen sollen wie im Möbelgeschäft. Der erste Schritt ist, die Bauanleitung zu lesen, also dieses eine Stück Papier mit vielen Zeichnungen, die für mich noch nicht viel Sinn ergeben. Na das kann ja heiter werden! Also schaue ich mir erst mal die verschiedenen Teile an, also die Bretter, die Stangen und Schrauben. Es gibt unterschiedliche Schrauben, da muss ich zunächst nachsehen, welchen Schraubendreher ich brauche. Der ist schnell gefunden und so begebe ich mich frisch und munter ans Werk, wobei ich noch keine Ahnung habe, wie ich das hinbekommen soll. Also studiere ich noch mal die Bauanleitung. Bretter und Stangen schraube ich wie dargestellt zusammen. Dabei hoffe ich nur, dass ich immer die richtigen Schrauben, an der richtigen Stelle benutzt habe. Stolz betrachte ich mein Werk, erstaunlicherweise sieht es so aus wie im Möbelgeschäft! Zufrieden räume ich den Karton und meine Werkzeuge weg, da finde ich noch einen Beutel mit Schrauben und Holzteilen. Oh nein, was habe ich vergessen? Das ärgert mich, wenn es dumm läuft, muss ich alles wieder auseinanderbauen und von vorne anfangen. Irgendwo müssen die Teile, die ich jetzt gefunden habe doch hingehören, deswegen schaue ich nochmal genauer hin. Dann fällt es mir wie Schuppen von den Augen, da fehlen noch die Griffe, mit denen ich die Schubladen am Schrank öffnen kann. Natürlich, warum ist mir das nicht gleich aufgefallen? Also gut, das ist das kleinste Problem, die Griffe kann ich nachträglich anbringen, was dann auch schnell erledigt ist.

Gerade will ich meine Schuhe aus dem Abstellraum in den fertigen Schuhschrank einsortieren, als mich das Läuten des Telefons aufschreckt. Hastig laufe ich zum Telefon, bevor sich der Anrufbeantworter einschaltet. Noch etwas außer Atem nehme ich den Hörer ab und erkenne Nicks Stimme am anderen Ende der Leitung. Nach einer kurzen Einleitung lädt er mich zum Essen ein. Natürlich bin ich damit einverstanden und freue mich schon darauf. Insgeheim hatte ich gehofft, dass wir uns nochmal treffen.

XXXII.

es Weges kundig, stehe ich bald vor Nicks Wohnungstür. Bevor ich auf die Klingel drücke, nehme ich aus der Handtasche meinen Spiegel und sehe nach, ob mein Make-up in Ordnung ist. Erwartungsvoll klingele ich und Nick macht mir die Tür auf. Zur Begrüßung küsst er mich auf meine errötete Wange und bittet mich herein. Es riecht schon appetitlich beim Eintreten, denn die Küche ist offen und mit dem Wohnzimmer verbunden, so kann ich auch einen Blick auf das Menü erhaschen, dass mich gleich erwartet. Ich dachte nicht, dass er sich so viel Mühe gibt, aber er hat doch tatsächlich ein ganzes Menü vorbereitet. Das ist so süß von ihm, dass er nur für mich kocht. Obwohl er meine Hilfe bestimmt nicht nötig hat, biete ich ihm an, in der Küche zu helfen.

Nick lächelt mich an:

„Danke, du brauchst mir nicht helfen. Heute werde ich dein Diener sein und dich verwöhnen."

Das verschlägt mir die Sprache. Womit habe ich das verdient, dass er so lieb zu mir ist? Bei klassischer Musik beginnt unser Dinner. Selbstverständlich hat er auch nicht vergessen, Kerzen auf den Tisch zu stellen. Nick serviert die Vorspeise, einen Spargelsalat. Der schmeckt schon mal vorzüglich, er scheint wirklich ein guter Koch zu sein, das könnte er sogar hauptberuflich machen. Als Hauptspeise tischt er Medaillons mit Kroketten und überbackenem Blumenkohl auf. Damit hat er genau meinen Geschmack getroffen, es ist erstklassig. Obendrein kredenzt er den passenden Wein. Ich kann mich kaum halten vor Begeisterung und lobe Nick in höchsten Tönen für das delikate Essen. Im Grunde bin ich schon satt, als der Nachtisch kommt. Nick kann mit selbstgemachtem Eis aus frischen Himbeeren und weißer Schokolade aufwarten. Da kann ich nicht widerstehen, denn für süße Desserts bin ich immer zu haben. Nick merkt mir an, wie sehr ich mich über das Dessert freue:

> *„Für so eine Süße wie dich muss ich doch ein Dessert machen.“*

Nick kann nicht nur ausgezeichnet kochen, er ist auch noch unheimlich charmant. Nachdem der Tisch abgeräumt ist, nehmen wir den Wein und setzen uns auf sein Sofa. Das Canapé ist so gemütlich und ich fühle mich rundum wohl in seiner Nähe. Wir unterhalten uns über die Arbeit und unsere Hobbys. Nach einer Weile haben wir schon die zweite Flasche Wein leer. Bis wir über Wissenschaft im Allgemeinen, Astronomie, Technik, Philosophie und Literatur diskutiert haben, ist es draußen schon wieder hell geworden. Die Zeit ist vollkommen an uns vorüber gegangen. Ohne dass ich es merkte, habe ich die ganze Nacht mit ihm verbracht, allerdings im Gespräch, was viel erhebender sein kann und nicht im Bett. Nick begleitet mich nach Hause. Nachdem wir uns mit Küsschen auf die Wangen verabschiedet haben, schließe ich meine Wohnungstür hinter mir zu und falle todmüde ins Bett.

ein Schädel brummt, als ich gegen Mittag aufwache. „Das hat der Wein gemacht" (wie die Wildecker Herzbuben singen). Dabei kann ich immer noch nicht glauben, dass ich die ganze Nacht im Gespräch verbrachte, die Zeit verging wirklich wie im Flug. Was hat er nochmal zum Abschied gesagt? Ach ja, ich sollte mir für Sonntag nichts vornehmen, er möchte mich überraschen. Sonntag? Das ist morgen, bis dahin dürfte ich den Schlafmangel wieder aufgeholt haben. Streng genommen muss ich sogar heute Abend schon wieder fit sein. Immerhin habe ich meine Freunde quasi bekniet, mit mir in die Karaoke - Bar zu gehen. Eine Absage kommt nicht in Frage, nachdem ich fast ein Jahr gebraucht habe, jemanden dafür zu gewinnen, das hat mich viel Überredungskunst gekostet. Zudem haben Tina und David für heute extra einen Babysitter engagiert. Statt mich auf den Abend zu freuen, komme ich wieder ins Grübeln, wie ich mich in der prekären Lage verhalten soll. In Anwesenheit der beiden werde ich unvermeidlich daran denken müssen, wie David die andere Frau geküsst hat. Wenigstens gehen sie noch gemeinsam aus, oder wollen sie nur den Anschein erwecken, es wäre alles in Ordnung? Trotzdem finde ich es schön, wenn die beiden mitkommen.

Tina und David sitzen schon in der Karaoke-Bar, allerdings fehlen noch meine Schwester Lilly und ihr neuer Freund Max, den ich vor kurzem kennenlernen durfte. Fieberhaft sucht Tina Songs auf der Liste, die sie uns später zum Besten geben will. David bekundet wenig Interesse, obwohl ich weiß, dass er gut singen kann. Vielleicht lässt er sich später auf ein Duett mit mir ein. Inzwischen sind auch Lilly und Max eingetroffen. Tina hat Lilly schon länger nicht mehr gesehen, deshalb muss Lilly ihr ein paar Anekdoten aus Thailand berichten. Max und David unterhalten sich auch, während ich versuche der Bedienung klarzumachen, welche Titel wir uns ausgesucht haben. Sie versteht mich schlecht, weil gerade jemand am Tisch nebenan ins Mikrofon brüllt, das kann man nur brüllen nennen, mit singen hat das wenig zu tun. Andererseits ist es manchmal ganz lustig, wenn jemand etwas Falsches trällert. Lilly singt als Erste von uns, dann Tina und zum Schluss sind David und ich mit dem Duett an der Reihe. David hat sofort eingewilligt mit mir zu singen, ich glaube, damit will er sich bei mir bedanken, dass ich Tina nichts von seiner Geliebten verraten habe.

Lilly und Max sehen sich verliebt an und halten Händchen als ein junger Mann auf unseren Tisch zustürmt und ihnen folgendes an den Kopf wirft:

„Ihr beide? Wie lange geht das schon mit euch und keiner hat mir davon erzählt!"

Alle an unserem Tisch sind sofort verstummt und können sich keinen Reim darauf machen. Offenbar kennt dieser junge Mann die beiden. Lilly gibt kein Sterbenswörtchen von sich, gleichzeitig hält sie sich die Hände vors Gesicht. Max verteidigt sich vehement:

„Ich wusste nichts davon. Dann hattest du also auch was mit Lilly?"

Max sieht Lilly missbilligend an und ergänzt:

„Dann verlange ich von dir, dass du dich hier und jetzt für einen von uns entscheidest. Dennis oder ich, sag' schon!"

Dennis stimmt Max zu:

„Sag einfach wen von uns beiden du willst, wir werden beide deine Entscheidung akzeptieren."

Lilly laufen die Tränen herunter, sie bekommt fast keinen Ton heraus:

„Aber das ist doch das Problem, das kann ich nicht, sonst hätte ich das schon längst getan."
Daraufhin verlässt Max wütend die Karaoke-Bar. Dennis schaut Lilly enttäuscht an und folgt Max. Langsam fängt sich Lilly wieder, aber der Abend ist natürlich gelaufen, demzufolge bringe ich Lilly nach Hause, während Tina und David noch in der Karaoke-Bar bleiben.

Bei ihr angekommen, platzt es aus mir heraus:

„Wie konntest du das nur tun? Dann warst du also gleichzeitig mit Max und Dennis zusammen? Schwesterlein, manchmal verstehe ich dich echt nicht."

Lilly wirkt noch ganz zusammengekauert und ängstlich, da tut es mir schon wieder leid, dass ich sie gerade so gescholten habe. Allmählich ringt sie sich dazu durch, mir den ganzen Vorfall zu erklären:

„Also, zuerst habe ich Max kennengelernt, er war so nett und dann habe ich Dennis getroffen, sie waren beide zusammen auf der gleichen Party, sie gehören irgend so einer Studentenverbindung an. Max musste an diesem Abend weg, er hatte Nachtschicht, er verdient sich neben dem Studium noch was dazu. Dennis war so lieb zu mir, sie haben mir beide wirklich den Hof gemacht, so richtig nach der alten Schule. Ich war überwältigt von den beiden und ich dachte, ich würde mit der Zeit herausfinden, ob Max oder Dennis besser zu mir passt. Aber je mehr Zeit ich mit ihnen verbracht habe, umso mehr habe ich mich in beide verliebt. Ständig habe ich aufgepasst, dass sich die Zwei nicht begegnen. Heute Abend hatte ich nicht damit gerechnet, ich konnte ja nicht ahnen, dass Dennis ausgerechnet am gleichen Abend in diese Bar kommt. Das ist doch höchst unwahrscheinlich, dass Dennis in eine Karaoke-Bar geht und dazu allein. Das ist schon sehr verwunderlich, aber

jetzt ist es raus. Das bedeutet wahrscheinlich, ich werde sie nie wiedersehen, sie werden mich jetzt bestimmt hassen und beide verlassen."

Da muss ich Lilly Recht geben:

„Das denke ich leider auch, Schwesterlein. Aber damit musstest du rechnen, dass die Sache irgendwann auffliegt, vor allem, weil die beiden sich auch noch gut kennen."

Sodann lasse ich Lilly allein, sie will sich ausruhen und fahre heim, denn ich möchte auch nicht mehr zurück in die Karaoke-Bar. Wie anzunehmen ist, tut den beiden eine Auszeit von Freunden und Kindern mal ganz gut. Möglicherweise war es Schicksal, dass Lilly diese Szene in Anwesenheit von Tina und David erlebt hat. Denkbar, dass David dadurch zur Vernunft kommt, weil er mit eigenen Augen miterlebt hat, wie schnell so eine Affäre auffliegen kann.

XXXIV.

peziell für Lilly war der gestrige Abend sehr ner-
venaufreibend, weshalb ich versuche sie auf dem
Handy zu erreichen, um mich nach ihrem Befinden
zu erkundigen. Ihr geht es den Umständen entsprechend gut, aber sie traut sich nicht auch nur mit einem von
beiden zu reden. Das ist natürlich verständlich. Nachdem ich
mich also vergewissert habe, dass Lilly wieder einigermaßen auf
dem Damm ist, mache ich mich fertig für mein Date mit Nick.

Wie immer bin ich pünktlich am Treffpunkt, Nick
winkt mir schon von weitem zu. Die Wiedersehensfreude ist so
groß, als ob ich ihn schon ewig nicht mehr gesehen hätte, dabei
war ich gestern früh noch ganz in seiner Nähe. Augenblicklich
will ich von ihm wissen, was er für heute geplant hat, weil ich
die Spannung jetzt kaum noch aushalte. Doch Nick bleibt
unnachgiebig und gibt noch nichts preis.
Nur so viel verrät er:

*„Komm mit, meine Liebe, es ist nicht mehr weit, wir
fahren noch etwa 10 Minuten mit dem Auto, bald wirst du die
Überraschung sehen."*

Ein kurzes Stück fahren wir über die Autobahn und
dann Richtung Flugplatz Egelsbach. Weil es nun offensichtlich
ist, rückt Nick endlich mit der Sprache raus:

*„Wie du siehst, sind wir unterwegs zum Flugplatz. Ich
habe mir für uns überlegt, dass wir heute gemeinsam einen
Rundflug mit dem Helikopter machen. Wir werden dabei über
Frankfurt fliegen. Na was sagst du, hast du Lust dazu?"*
Verwundert beantworte ich seine Frage:

*„Sicher habe ich Lust dazu, meine Stadt von oben zu
sehen. Wann starten wir?"*

Nick klärt mich auf, dass in etwa einer Stunde der Flug beginnt, dieser dauert dann etwa 30 Minuten. Solange setzen wir uns in das Flughafenrestaurant und nehmen noch einen Drink. Jetzt interessiert mich aber noch, wie er auf diese Idee gekommen ist.

Seine Antwort ist charmant wie immer:

„Weil ich etwas Besonderes mit dir unternehmen wollte, etwas, das du nie vergessen wirst. Schließlich bist du auch eine ganz besondere Frau."

Ich glaube ich werde jetzt gerade rot, bei solchen Komplimenten. Dann ist es endlich soweit, wir gehen auf den Platz mit dem großen „H", der Hubschrauber macht einen ziemlichen Lärm, er wurde schon gestartet, die Rotorblätter bewegen sich immer schneller. Der Pilot kommt auf uns zu, begrüßt uns mit einem Handschlag und weist uns den Weg zur hinteren Hubschraubertür. Zuerst schnallt uns der Pilot an, dann reicht er uns die Kopfhörer. Als wir abheben wird es noch lauter, aber ich kann Nick über den Kopfhörer trotzdem noch verstehen. Zunächst sehen wir das Gelände um den Flughafen und fliegen weiter in Richtung Stadtmitte. Es fühlt sich ein bisschen an, als würde man in der Luft schweben, es ist anders als im Flugzeug. Wenn der Krach nicht wäre, könnte man denken, man sei ein Vogel, der sich die Stadt von oben ansieht. Dann erblicke ich die imposante Skyline von Frankfurt und kann jetzt sehr gut verstehen, warum man auch von „Mainhattan" spricht. Die hohen Wolkenkratzer sind absolut beeindruckend, wie sich die Sonne in den Fenstern spiegelt. Ein paar Minuten später befinden wir uns über dem Main, die Brücken sind malerisch. Einige Straßen und Viertel kann ich sogar von oben erkennen, schon sind wir wieder auf dem Rückflug zum Flugplatz. Eine halbe Stunde geht so schnell vorbei. Nachdem wir sicher wieder unten angekommen sind, setzen wir uns nochmal ins Restaurant und schwärmen von

diesem aufsehenerregenden Flug. Ich hätte noch lange so wei-
terfliegen können. Während sich der Himmel in der Dämmerung in Rot und Orange präsentiert, bringt mich Nick in seinem
Wagen zu meiner Wohnung. Als ich ihm für diesen wunderschönen und außergewöhnlichen Tag danke, gibt er mir wie
letztes Mal ein Küsschen und verspricht mir, sich bald wieder
bei mir zu melden. Völlig aufgedreht von dem Adrenalin, das
mir beim Flug durch den Körper geschossen ist, liege ich noch
lange wach.

XXXV.

etzten Endes weiß ich nicht wohin mit meiner Energie und zocke ein bisschen am PC. Gegen 23 Uhr klingelt es an meiner Wohnungstür. Ich frage mich, wer so spät noch vorbeikommt und hoffe inständig, dass Nick zurückgekommen ist, weil er mir noch etwas sagen wollte. Als ich die Tür aufmache, steht eine völlig aufgelöste Lilly da. Damit habe ich nicht gerechnet, aber Lilly ist meine Schwester und kann natürlich jederzeit bei mir vorbeischauen. Sanft schiebe ich sie in meine Wohnung und verriegele die Tür wieder. Sie schnappt nach Luft.

Also versuche ich sie zu beruhigen:

„Jetzt setz dich erst mal hin und dann erzählst du mir in aller Ruhe was passiert ist."

Lilly schaut mich mit großen Augen an und holt nochmal tief Luft:

„Ich kann das alles noch nicht glauben, was da passiert ist, das ganze kommt mir vor, als wäre ich in einem schlechten Film. Was ich dir jetzt erzähle, wirst du mir nicht glauben. Ich brauche dir wohl nicht zu sagen, dass es um Max und Dennis geht. Warte, ich muss ganz von vorne anfangen. Also heute Nachmittag hat mich ein Kommilitone von Max und Dennis angerufen, ich solle unbedingt sofort im Verbindungshaus vorbeikommen, wo alle Studenten derselben Verbindung wohnen, also auch Dennis und Max. Die beiden würden sich gerade wegen mir streiten. Ich bin natürlich so schnell wie möglich hingefahren, aber wenn ich gewusst hätte, dass die beiden in einer schlagenden Verbindung sind, dann wäre ich noch schneller gefahren."

Unmittelbar muss ich Lilly unterbrechen:

„Was bedeutet, sie sind in einer schlagenden Verbindung? Sind denn nicht alle Studentenverbindungen gleich?" Lilly schüttelt energisch den Kopf:

„Oh nein, das ist ein großer Unterschied, das wirst du gleich erfahren, wenn du mir weiter zuhörst. Also ich kam im Verbindungshaus an, da erklärte mir ein Student, dass die Zwei sich übel beschimpft hätten. Max hätte gesagt, dass Dennis ein Versager wäre und mich deswegen gar nicht verdient hätte und noch einiges mehr. Sie wären daraufhin in den Keller gegangen, also sollte ich mich lieber beeilen. Zu dem Zeitpunkt wusste ich immer noch nicht wie ernst die Lage war. Ich lief die Treppe hinunter in den Keller des Studentenhauses und traute meinen Augen nicht. Dennis und Max kämpften soeben, sie schlugen aber nicht mit Fäusten um sich, sondern fochten eine Mensur. So viel zu der schlagenden Verbindung. Normalerweise wird eine Mensur zwischen zwei Studenten von verschiedenen Verbindungen gefochten und es gibt strenge Regeln dafür, wie ich mir später von Dennis erklären ließ, dabei geht es nicht darum einen anderen zu verletzen. Aber bei Max und Dennis sah das ganz anders aus. Max war wirklich wütend und das habe ich deutlich gemerkt, auch wenn ich nichts von den Regeln beim Fechten verstand. Er ließ nicht locker bis Dennis aufgab. Max fragte ihn triumphierend, ob er also wie vereinbart akzeptieren würde, dass der Gewinner Lilly bekommt. Dennis sagte kleinlaut ja. Jählings hat Max ihm einen Schmiss verpasst, obwohl Dennis schon aufgegeben hatte. Das bedeutet Dennis hat jetzt eine lange Wunde an der Wange. In diesem Moment schrie ich Max an, er soll Dennis in Ruhe lassen und lief zu Dennis, denn er blutete heftig. Die beiden hatten mich vorher gar nicht bemerkt. Max war so erstaunt, weil ich aufgetaucht war, dass er den Degen fallen ließ und verschwand. Ich kümmerte mich um Dennis, brachte ihn schnellstmöglich ins Krankenhaus, wo die Wunde genäht wurde und danach bin ich *gleich zu dir gefahren, Rebecca. Mit Max habe ich gar nicht mehr gesprochen."*

Ich bin völlig bestürzt darüber, was sie mir gerade erzählt hat:

„Die beiden haben also deinetwegen gefochten und der Gewinner sollte dich bekommen? Das ist ja wie im Mittelalter, was haben sich die beiden nur dabei gedacht?"

Ein verkrampftes Lächeln bringt Lilly zum Ausdruck:

„Ich weiß, eigentlich sollte ich mich ja geschmeichelt fühlen, wenn zwei Männer im wahrsten Sinne des Wortes um mich kämpfen, aber das war kein fairer Kampf, die beiden wollten sich wirklich verletzen, und wenn Dennis schlau gewesen wäre, dann hätte er gar nicht eingewilligt eine Mensur zu fechten. Er hat mir nämlich im Krankenhaus gestanden, dass er gar nicht gewinnen konnte, weil Max der beste Fechter in der Studentenverbindung war und fast immer gewann. Aber was soll ich jetzt nur tun? Ich hatte Max ganz anders eingeschätzt, ich dachte nicht, dass er so aggressiv ist."

Lilly und ihre Männergeschichten, ich glaube jetzt bin ich wieder dran, alles ins Lot zu bringen:

„Daran bist du selbst schuld. Ich muss dir nun mal die Wahrheit sagen. Du hast erlebt, was Eifersucht anrichten kann. Das wäre alles nicht passiert, wenn du dich zwischen den beiden entschieden hättest."

„Du hast wie immer Recht, Schwesterherz. Es war alles meine Schuld, es tut mir auch so leid. Aber ich kann das jetzt auch nicht mehr rückgängig machen."

„Was wirst du jetzt tun?"

Lilly schaut mich hilflos an:

„Es ist alles aus. Max hat sich total unfair verhalten, ich habe eine Seite an ihm entdeckt, die mir gar nicht gefällt und Dennis kann mir nicht verzeihen, dass ich ihn angelogen habe."

Meine arme Lilly, ich nehme sie in den Arm und tröste sie.

XXXVI.

 chon vor zwei Wochen schrieb mir Dan über die Dating-Seite und lockte mich damit, seine wunderschöne Stadt zu besuchen. Heute habe ich einen Tag frei, und sonst hat sowieso keiner am Mittwoch Zeit, dementsprechend habe ich sein Angebot angenommen.

Nachdem ich am Karlsruher Hauptbahnhof in die S-Bahn umgestiegen bin, schreibe ich Dan von unterwegs, dass ich gleich am Marktplatz ankomme. Dort steige ich aus der Straßenbahn und es dauert gar nicht lange, da kommt Dan auf mich zu und begrüßt mich. Ausgelassen gibt er den Fremdenführer und fordert mich auf, ihm zum „Multi Kulti" zum Mittagessen zu folgen.

Solange wir auf das Essen warten, haben wir etwas Zeit, Bekanntschaft zu schließen. Beiläufig stellt Dan fest:

„Du bist hübsch und siehst so süß aus in dem Kleid. Ich kann gar nicht verstehen, warum du noch auf der Suche bist."

„Danke", bringe ich verlegen hervor, ich bin Komplimente immer noch nicht gewohnt und erröte jedes Mal. Ansonsten muss ich zugeben, dass er auch nicht schlecht aussieht.

„Es ist nicht nur dein Aussehen, du scheinst einfach eine ganz nette normale Frau zu sein; du glaubst nicht, was für komische Frauen ich schon getroffen habe.", beteuert er und plaudert aus dem Nähkästchen.

Derweil wurden uns der Salat und die Getränke serviert. Kaum schildert er seine Arbeit als Straßenbahnfahrer, müssen wir feststellen, dass wir gar nicht darüber nachdenken müssen, ob wir jemals ein Pärchen werden könnten. Denn wie sich herausstellt, arbeitet er jedes Wochenende und hat nur unter der

Woche frei und bei mir ist es genau umgekehrt. Es würde also nicht einmal eine Wochenend-Fernbeziehung in Frage kommen.

Davon lassen wir uns aber nicht die Laune verderben, flanieren nach dem Essen in Richtung Schloss und quasseln munter weiter. Am Karlsruher Schloss vorbei durchqueren wir den Schlosspark bis wir an der Orangerie halt machen und uns auf einer Parkbank niederlassen. Bei Sonnenschein, hohen Temperaturen und umgeben von Palmen an einem kleinen Teich mit Seerosen halte ich es kaum für möglich, dass wir in Deutschland sind, ich fühle mich, als wäre ich in Italien. Dan plaudert derweil weiter, und blickt mir dabei tief in die Augen, nur selten schweift sein Blick von mir ab und bemerkt:

„Ein herrlicher Tag heute und eine schöne Frau hier neben mir auf der Bank, was will ich mehr?"

Nebenbei leugnet er nicht, dass er sich manchmal auch etwas unreif verhält, das hätte er seinem Freundeskreis zu verdanken, seine Freunde wären mindestens 5 Jahre jünger als er. Wirklich zu schade, dass Dan nicht mein Freund werden kann, ich finde ihn so niedlich (ich weiß, dass darf man einem Mann nie direkt ins Gesicht sagen, deshalb verkneife ich mir den Kommentar) aber er ist nun mal so süß und lebensfroh. In seiner Gegenwart komme ich mir so leicht vor, als könnte ich fliegen. Jetzt muss ich wieder zuhören, wovon er redet und aufhören vor mich hin zu träumen, sonst merkt er es noch und interpretiert das als Desinteresse. Mit Blick auf die Uhr sehe ich, dass ich nun bald losmuss, damit ich meinen Zug nach Frankfurt erwische. Höflich wie er ist, begleitet mich Dan natürlich zur nächsten Straßenbahnhaltestelle wieder zurück durch den Park, ohne aufzuhören, mir seine lustigsten Erlebnisse zu schildern. An der Haltestelle angekommen, erblicke ich von weitem gerade die Straßenbahn, die ich nehmen muss, als plötzlich ein junger Mann Dan im Vorbeigehen anspricht. Mutmaßlich handelt es sich um einen alten Freund. Dan, sichtlich hin und her gerissen, ob er

jetzt mit dem Freund weiterspricht oder sich von mir verabschiedet, entscheidet sich, mir kurz ein Küsschen auf die Backe
zu drücken, bevor ich in die Straßenbahn einsteige. Den nächsten freien Sitzplatz am Fenster nehme ich und sehe noch, wie
mir Dan mit den Fingern ein Zeichen gibt, dass wir noch telefonieren und mir dann zuwinkt.

Zwischenzeitlich sitze ich schon im Zug als noch eine
Nachricht von Dan auf meinem Handy erscheint:

„Tut mir leid, dass wir vorhin unterbrochen wurden. Ich fand den Tag mit dir echt schön und dich sehr
nett. Vielleicht können wir Freunde bleiben? LG Dan"

rotz der Trennung von Max und Dennis geht es Lilly schon wieder besser, sintemal sie sich einzeln mit jedem aussprach. Lilly hat mir versichert, sie will derzeit nichts mit Männern anfangen, das kann ich gut nachvollziehen in ihrer Situation. Bei mir sieht es in Bezug auf Männer so aus, als ob Nick ein potenzieller Kandidat für mich ist. Mit anderen Worten: ich konnte noch keine größeren Macken bei ihm feststellen. Nick scheint wirklich perfekt zu sein. Immer wenn es in meinem Leben zu gut läuft, wenn es so scheint als wäre alles perfekt, dann passiert hinterher etwas Schlimmes. Das Ganze hat mich so sehr beschäftigt, dass ich deswegen vor ein paar Tagen ein Partnerhoroskop bei einer Astrologin erstellen ließ. Das war total unkompliziert, ich habe lediglich den Geburtstag von mir und Nick in einem Brief abgeschickt und heute fand ich einen Brief von der Astrologin in meinem Briefkasten. Nun bin ich mir nicht sicher, ob ich ihn wirklich öffnen soll. Er liegt vor mir auf dem Tisch und ich schaue ihn schon eine Weile an. Im Grunde genommen wollte ich wissen, ob Nick und ich zusammenpassen, ob wir eine gemeinsame Zukunft haben. Letzten Endes mache ich ihn mit meinem Brieföffner auf und lese ihn durch:

...Sie sind das genaue Gegenteil von ihrem Partner, der beständig und beharrlich ist. Sie sind dagegen eher dualistisch, wandelbar und vielseitig. Sie bringen Schwung und Abwechslung in das Leben ihres Partners, der dadurch aber auch schnell überfordert wird. Ihre künstlerische, fantasiebegabte Seite zieht ihren Partner an. Die langsamen Reaktionen ihres Partners und seine schwerfällige Liebestechnik können Sie aufs äußerste aufregen. Dem Harmoniebedürfnis ihres Partners kommen Sie ständig in die

Quere mit ihrer Zungen - Leichtfertigkeit. Als Fazit bleibt in dieser Sternzeichenkonstellation ein Minus. Sollten Sie immer noch zusammen sein, dann herzlichen Glückwunsch; einfach kann das bestimmt nicht sein!

Dieses Partnerhoroskop ist eindeutig, würde ich mal sagen. Obwohl ich schon befürchtet habe, dass das Horoskop vielleicht negativ ausfällt, habe ich es mir nicht so drastisch vorgestellt. So ein vernichtendes Urteil ist schwer zu ertragen, nachdem ich viele Hoffnungen in Nick gesteckt habe. Was nun? Soll ich auf das Horoskop hören? Unleugbar finde ich Nick fantastisch, aber die Vorhersage ist unheildrohend. Mit ziemlicher Sicherheit wird es so kommen. Warum soll ich mir das antun, eine Beziehung mit Nick einzugehen, wenn ich vorher schon weiß, dass es katastrophal endet. Mich wieder mit einem gebrochenen Herzen zu quälen, würde ich nicht nochmal überleben. Meine Befürchtungen waren also nicht unbegründet, obwohl ich das Horoskop eigentlich nur erstellen ließ, damit es mich vom Gegenteil überzeugt. Insgeheim hatte ich gehofft, dass uns eine schöne, gemeinsame Zukunft bevorsteht und mir meine Sorgen durch die Aussage der Wahrsagerin genommen würden. Aber andererseits bewahrt es mich vielleicht davor, einen schweren Fehler zu begehen. Die Frage ist nur, wie ich das Nick beibringen soll. Selbstverständlich werde ich ihm nichts von dem Horoskop erzählen, das glaubt er mir sowieso nicht und würde vielleicht versuchen, mir das auszureden. Das ist eine folgenschwere Entscheidung, ich muss einfach nochmal darüber schlafen.

XXXVIII.

utentbrannt schlage ich das Fenster zu, weil auf der Baustelle an der gegenüberliegenden Straßenseite ein Riesenkrach herrscht, das geht schon seit einem Monat so, dort soll ein neues Hochhaus entstehen. Da komme ich schon ziemlich müde von der Arbeit nach Hause und kann nicht mal hier ausspannen. Der Lärm strapaziert meine Nerven, überdies kann ich wegen dem ganzen Staub der hereinkommt nicht mal richtig lüften. Gereizt nehme ich mein Handy als es klingelt und sehe, dass mich Nick heute schon zum fünften Mal anruft. Bisher bin ich gar nicht ans Telefon gegangen. In der letzten Woche habe ich ihm auch schon zwei Mal per SMS abgesagt, als er sich wieder mit mir verabreden wollte. Zumal ich sowieso gerade schlecht gelaunt bin, kann ich auch gleich noch das von mir so lange hinausgezögerte Telefonat annehmen. Vorab reden wir kurz über Belangloses und dann stellt er wieder die Frage, wann wir uns das nächste Mal treffen. Heute muss ich es ihm offenbaren:

„Nick, weißt du, ich glaube das ist keine so gute Idee, wenn wir uns noch mal treffen. Es war wirklich sehr schön mit dir, es hat mir auch gut gefallen, was wir zusammen unternommen haben. Aber ich bin zu dem Schluss gekommen, dass wir beide einfach nicht zueinander passen. Ich habe dich inzwischen schon ganz gut kennengelernt und wir sollten es dabei belassen. Wenn ich weiterhin mit dir ausgehe, dann machst du dir vielleicht falsche Hoffnungen und das möchte ich nicht. Du bist ein netter Kerl und deswegen sage ich dir das lieber früh genug, bevor ich deine Gefühle verletze."

An seiner Stimme merke ich, dass er doch sehr enttäuscht ist:

„Ich fand eigentlich, dass wir uns doch prima verstan-
den haben. Kannst du mir nicht nochmal eine Chance geben?
Komm einfach vorbei und wir reden über alles."
Zu ihm werde ich bestimmt nicht fahren, sonst schafft er es
höchstwahrscheinlich mich zu überreden. Wenn ich ihm in die
Augen sehen würde, dann könnte es leicht passieren, dass ich
doch schwach werde. Letztendlich würde es irgendwann in
einem Scherbenhaufen enden, wie mir das Horoskop prophe-
zeit hat. Es tut mir richtig weh, ihm das zu sagen, aber ich muss
jetzt auch an mich denken und mich schützen:
„Nick, ich habe mir das schon lange überlegt, glaube
mir, es ist einfach besser so für uns beide."
Betrübt gibt er dann auf:
„Na gut, wie du meinst, Rebecca. Ich fand es jedenfalls
sehr schön mit dir, es ist schade, aber ich respektiere deine
Entscheidung, du wirst schon deine Gründe haben. Ich wün-
sche dir Alles Gute."
Nick ist wirklich ein smarter Typ, aber ich musste das jetzt tun.
Wahrscheinlich ist er einfach eine Nummer zu groß für mich,
deshalb hätte ich so einen wunderbaren Mann, wie Nick, nicht
lange halten können. Er ist bestimmt der beste Partner, den sich
eine Frau nur wünschen kann. Die Verabredungen mit ihm
waren romantisch und aufregend. Nick ist schön, intelligent,
charmant, trägt eine Frau auf Händen, er ist perfekt und deshalb
habe ich ihn gar nicht verdient, ich bin nicht gut genug für ihn.
Wie ich durch das Horoskop erfahren habe, hätte die Beziehung in einer Katastrophe geendet. Daher ist es besser gar
nichts mit ihm anzufangen. Es wäre viel schlimmer, wenn ich
ihm irgendwann nach weiteren Verabredungen lebe wohl sagen
müsste, wenn ich mich schon in ihn verliebt hätte. So ist es
bestimmt besser, allen Beteiligten viel Herzschmerz zu ersparen.
Keineswegs bin ich mir absolut sicher, die richtige Entscheidung
getroffen zu haben. In diesem Fall glaube ich einfach dem

Horoskop und meinem Gefühl, dass ich Nick nicht gerecht werden könnte.

Durch das Gespräch mit Nick war ich kurz abgelenkt, nun dringt der ohrenbetäubende Lärm vom Presslufthammer wieder direkt in mein Gehirn, deshalb fahre ich in den Wald zum Joggen.

XXXIX

Zusammen mit unseren Freunden betrete ich Tinas Fotoausstellung. Von ihrem letzten Urlaub mit ihrem Mann David hat sie beeindruckende Bilder aus dem Amazonas mitgebracht, die sie nun einem breiteren Publikum vorstellen möchte. Heute Abend ist die Eröffnung der Ausstellung, dazu hat sie Freunde und Kollegen eingeladen. Riesig große Fotoabzüge sind nun im XXL-Poster Format in der öffentlichen Bibliothek ausgestellt. Freilich hat mir Tina vorab schon ein paar davon gezeigt. Von dem Ansturm auf die Ausstellung wurde Tina völlig überrascht und hat nun alle Hände voll zu tun, deshalb lasse ich sie in Ruhe und schlendere gemütlich mit meinem Glas Sekt durch die Reihen. Später fragt Tina mich, ob ich finde, dass die Ausstellung gefallen findet. Brigitte schnappt die Frage im Vorbeigehen auf und beteuert Tina, dass die Ausstellung wirklich exquisit sei. Sie ist eine Arbeitskollegin von Tina, sie arbeiten zusammen im Büro, vielmehr weiß ich auch nicht über sie, aber wir sind uns schon das ein oder andere Mal über den Weg gelaufen. Brigitte hat es eilig, sie will sich gerade verabschieden:

„Tina, bevor ich es vergesse, ich muss mit dir noch über den geplanten Urlaub sprechen, bevor ich jetzt nach Hause fahre."

Dann wendet sich Brigitte an mich und erklärt mir die Situation:

„Tina und ich müssen uns immer absprechen, wer von uns beiden Urlaub machen kann, wir können nicht gleichzeitig Urlaub nehmen, einer von uns muss immer die Stellung halten, damit der Laden läuft."

Man merkt, dass ihr das Gespräch jetzt etwas unangenehm wird, nach der Miene zu urteilen, die sie unmittelbar aufsetzt:

„Tut mir leid Tina, aber du kannst dir nächste Woche nicht wie geplant frei nehmen. Ich muss mit den Kindern in den Ferien zu Hause bleiben. Eigentlich sollte mein Ex-Mann die Kinder nehmen, aber das lasse ich nicht zu, so wie der sich in letzter Zeit wieder benimmt. Kurz gesagt wir hatten wieder einen Streit und deswegen muss ich mir nächste Woche frei nehmen."

Tina ist sichtlich empört:

„Den Urlaub habe ich schon länger geplant, du weißt das ganz genau. Und jetzt soll ich darauf verzichten, nur weil du mal wieder Streit mit deinem Ex-Mann hast und dir irgendetwas nicht passt? Es sind genauso seine Kinder. Du musst wissen, was du tust, aber du solltest endlich mal wieder alles in den Griff kriegen und mit deinem Mann reden, so schlimm kann es ja nicht sein, oder?"

Brigitte plustert sich jetzt auf:

„Das sagt gerade die Richtige, schau du nur, dass du deine Familie und dein Leben in den Griff kriegst."

„Was soll das heißen, wie meinst du das?"

Brigitte schaut Tina von oben herab an:

„Mein Mann ist wenigstens nicht fremdgegangen. Wenn du das ein tolles Familienleben nennst, na dann wünsche ich dir viel Spaß! Du solltest lieber nicht so hohe Töne spucken. Kehr mal lieber vor deiner eigenen Haustür."

Flugs dreht sich Brigitte um und verlässt triumphierend die Ausstellung, sie weiß genau, das hat gesessen und bei Tina tief eingeschlagen. Mit aufgerissenen Augen steht Tina da und glaubt gar nicht, was sie eben hören musste. Mir geht es ähnlich. Woher wusste Brigitte davon? War David etwa so unvorsichtig, dass gleich die halbe Stadt seine Affäre mitbekommen hat? In dem Moment als ich Tina gerade ansprechen will, wehrt sie mit einer Handbewegung ab. Eilig nimmt sie ihre Handtasche an der Garderobe und stakst zu David, der etwas abseits gestanden hatte. Sicherlich hat er von dem Vorfall eben nichts mitbekommen. Nachdem Tina ihn angesprochen hat, verlassen sie kurz darauf gemeinsam die Ausstellung. Das ist wieder typisch Tina, sie ist schlau genug, David öffentlich keine Szene zu machen. Aber ich kann mir denken, dass nachher bei ihnen zu Hause schon die Fetzen fliegen werden. Total irritiert von der Szene, die ich vorhin mitbekam, mach ich mich auch auf den Heimweg.

Etwa zwei Stunden später ruft mich David an:

„Rebecca, hast du jetzt endlich was du wolltest? Du bist schuld daran, dass Tina davon erfahren hat!"

Ich verteidige mich vehement:

„Ich verstehe das absolut nicht, sie hat es doch nicht von mir erfahren, sondern von Brigitte. Warum machst du mich jetzt dafür verantwortlich. Ich habe ihr nichts erzählt, auch hinterher nicht, sie weiß immer noch nicht, dass ich euch beide gesehen habe."

David greift mich weiter an:

„Warum strengst du nicht mal ein bisschen dein Hirn an. Von wem sollte Brigitte das schon erfahren haben. Du konntest bestimmt deinen Mund nicht halten und hast es irgendeiner Freundin erzählt, ihr Frauen müsst doch immer über alles tratschen. Und die hat es einer anderen erzählt und inzwischen weiß es fast jeder. Ich weiß nicht wie es jetzt weiter geht, Tina ist ziemlich sauer, sie wird mir das nie verzeihen. Naja, heute Nacht werde ich dann auf der Couch schlafen. Es tut mir leid, aber ich musste das einfach loswerden, Rebecca."

Verflixt, ich glaube David hat sogar Recht. Ich habe mit niemandem darüber gesprochen, außer mit Jessica, weil sie an dem Tag im Restaurant dabei war. Im Vertrauen habe ich ihr erzählt, dass David fremdgeht. Das ist wirklich die einzige Möglichkeit, Jessica hat es wahrscheinlich brühwarm weitererzählt und irgendwann hat dann auch Brigitte davon erfahren. Ist doch klar, dass eine rivalisierende Arbeitskollegin so ein Wissen gegen Tina ausspielt, es war nur eine Frage der Zeit. Ohne mein Zutun hätte die Szene vorhin mit Brigitte und Tina nie stattgefunden und das ausgerechnet bei Tinas Eröffnungsfeier. Jetzt ist es eindeutig zu spät und ich kann es leider nicht mehr ändern.

weimal pro Woche bin ich nun mit Jessica unterwegs zum Fitness-Studio, am Schluss habe ich doch eine Leidensgenossin gefunden, die das mitmacht. Im Büro konnten wir heute nicht über private Angelegenheiten reden, unmittelbar vor unserem Fitness-Kurs habe ich endlich die Möglichkeit Jessica zu fragen, was mir schon den ganzen Tag auf den Nägeln brennt:

„Du kannst dich doch sicher noch an den Tag erinnern, als wir beim Mittagessen im Restaurant waren, damals als ich David beim Fremdgehen erwischt habe."
Jessica antwortet ganz unschuldig:

„Ja, warum?"

„Ich habe dich damals gebeten mit keinem darüber zu sprechen, auch nicht mit deinem Mann. Hast du dich auch daran gehalten?"
Jessica fühlt sich ertappt:

„Ja, ich habe es wirklich niemandem erzählt, es ist mir nur einmal rausgerutscht, als ich mit einer Freundin darüber diskutiert habe, dass wohl die meisten Männer nicht treu sein können. Aber sonst habe ich es wirklich keinem mehr gesagt."

Infolgedessen hat es irgendwann auch Tinas Kollegin erfahren. Es kocht in mir: ich ärgere mich über Jessica, dass sie es weitererzählt hat, bin zudem verdrossen, weil ich es Jessica verraten habe und stinksauer auf David, der ja schließlich an allem schuld ist. Jessica soll wissen, was sie angerichtet hat, deshalb kläre ich sie auf, was gestern in der Fotogalerie passiert ist. Jessica bedauert das sehr, das schlechte Gewissen kann ich ihr an den Augen ablesen. Eines ist gewiss, ich werde Jessica nie wieder etwas Vertrauliches erzählen. Nach unserem Kurs macht sie sich dann schnell aus dem Staub, während ich noch an einem Gerät trainiere. Auf einmal steht Einer neben mir und spricht mich an:

„Entschuldigung, ich sehe gerade, dass du schon eine Weile an dem Gerät hier trainierst. Ich bin übrigens Kai und würde dir gerne einen Rat geben, denn so wie du das im Moment machst, ist das nicht besonders gesund."

Nun, ich weiß auch nicht genau, was man an welchem Gerät machen muss. Weit und breit habe ich keinen Fitness-Trainer gesehen. Das ist mir zunehmend aufgefallen. Beim ersten Besuch des Fitness-Studios erhält man eine kleine Einführung, in der Folge ist man ziemlich auf sich allein gestellt. Demnach nehme ich die Hilfe gerne an, Kai führt mir vor, wie man die Übung an dem Gerät richtig macht. So fühlt es sich auch gleich besser an, es zieht nicht mehr so am Oberschenkel. Sodann lädt er mich ein:

„Wenn dir das zu langweilig wird, hier immer nur an den Geräten zu trainieren, dann kannst du gerne mal mitkommen, wenn ich zum Klettern gehe. Ich mache nebenbei noch so einige andere Sportarten. Vielleicht hast du mal Lust mitzumachen."

Das klingt doch gar nicht schlecht, außerdem wäre es super für meine Figur. Am Ende tauschen wir unsere Nummern aus und Kai verspricht mir, sich zu melden, sobald er wieder zum Klettern geht. Wer weiß, eventuell wird Klettern mein neuer Lieblingssport.

Verständlicherweise ist Tina am Boden zerstört nach der Szene bei ihrer Fotoausstellung und schluchzt ins Telefon:

„Ich habe es versucht, aber ich kann David nicht mehr in die Augen schauen, ich will ihn nicht mehr sehen. Er hat mich tief verletzt. Das schlimmste war, dass ich es so erfahren habe, das war so demütigend, als mir Brigitte das ins Gesicht gesagt hat, dass ich es gerade von ihr hören musste. Es wäre nicht so schlimm gewesen, wenn ich es irgendwie anders herausgefunden hätte, wenn ich zum Beispiel bei David eine Telefonnummer entdeckt hätte oder ein Bild von dieser Schlampe. Ich kann das alles nicht verstehen. Ich halte es nicht mehr in seiner Nähe aus, ich muss hier raus, ich muss für eine Weile von hier wegziehen."

Dieses Telefonat ist das erste Lebenszeichen, dass ich von Tina seit dem besagten Abend erhalte. Ich wollte nicht aufdringlich sein, schließlich geht das nur Tina und David etwas an. Ihren Hilferuf soeben habe ich verstanden und mache ihr deshalb einen Vorschlag:

„Tina, wenn du willst, kannst du gerne zu mir kommen und eine Weile bei mir wohnen, Michelle darfst du natürlich auch mitbringen, das wird dann zwar ein bisschen eng hier, aber es ist schon Platz genug für uns alle da."

„Das wäre echt nett, wenn ich mal ein paar Tage hier raus komme und bei dir wohnen kann. Michelle bringe ich nicht mit, sie ist genauso seine Tochter, er soll sich mal um sie kümmern. Er hat keine Ahnung, was ich den ganzen Tag zu Hause leiste, Kinder erziehen, mich um den Haushalt kümmern und auch noch arbeiten gehen. Jetzt soll er mal sehen, wie das

ist. Er hat es nicht anders verdient, als jetzt alleine damit klar zu kommen. Ich habe im Moment einfach keinen Nerv dafür, so zu tun, als wäre nichts passiert und schön brav weiter zu machen wie bisher. Das kann er sich abschminken. Ich werde meine Sachen packen und ihn einfach stehen lassen. Morgen komme ich dann zu dir. Ich bin echt froh, dass du mir das angeboten hast, ich wüsste im Moment wirklich nicht, wo ich sonst hingehen sollte. Also bis morgen, Rebecca."

Heilfroh, dass sie zu mir kommt, räume ich schon mal ein bisschen in der Wohnung auf. Mein schlechtes Gewissen spielt da auch ein wenig mit. Aber ich war einfach nicht stark genug, ihr die Wahrheit ins Gesicht zu sagen. Am Ende ist die Wahrheit doch ans Licht gekommen und ihre ganze Welt ist zusammengebrochen. Das Mindeste was ich für sie tun kann, ist ihr für eine Weile eine Bleibe anzubieten.

Am nächsten Tag kommt Tina mit ihren Sachen, wir stellen zusammen das Gästebett, so eine Art große Luftmatratze, in mein Wohnzimmer. Danach ruft sie kurz ihre Tochter Michelle auf dem Handy an, um ihr Gute Nacht zu sagen. Mit David spricht sie nicht mehr, auch nicht am Telefon. Als wir gemütlich nach dem Abendessen ein Gläschen Wein trinken, lässt sie ihren Gefühlen freien Lauf:

„Du kannst dir ja denken, dass ich die letzten Tage nur geheult habe. Dann habe ich David angebrüllt und ihm alles Mögliche ins Gesicht gesagt, aber dadurch habe ich mich trotzdem nicht besser gefühlt. Wir waren so glücklich, nun das dachte ich jedenfalls und er hat alles kaputt gemacht. Ich kann es immer noch nicht glauben. Ich dachte, er wäre wirklich treu. Und was mich noch mehr verwirrt, ich habe nichts gemerkt, ich habe ihm vertraut und nie gedacht, dass er sowas tut. Das Vertrauen ist für immer zerstört, das kann er nie wieder geradebiegen. Egal, was er mir jetzt verspricht, seit dieser Sache kann ich ihm nie mehr glauben. Ich wollte von ihm wissen, warum er

fremdgegangen ist, ich dachte er liebt mich für immer und ewig. Er hat mir versichert, dass er absolut nichts für diese Frau empfindet, er wollte nur ein bisschen Spaß, hat er den mit mir etwa nicht gehabt? Nun wird es auf jeden Fall ein teurer Spaß für ihn. Ich habe ihm gesagt, dass ich die Scheidung will."

Das hatte ich schon befürchtet und erkundige mich vorsichtig:

„Und was hat er dazu gesagt?"

Tina murmelt vor sich hin:

„Ach, nichts weiter, er hat mich nur ganz verzweifelt angeschaut, aber das hätte er sich vorher überlegen müssen. Das musste ihm doch klar sein, dass es zur Scheidung kommt, wenn er sowas macht."

Weil ich mittlerweile so stark in diese Konfliktsituation involviert bin, bin auch ich ziemlich niedergeschlagen, wenn die zwei sich scheiden lassen. Mir fällt nichts mehr ein, was ich noch sagen könnte, so nehme ich Tina einfach in den Arm. Danach gehe ich ins Schlafzimmer und wünsche ihr eine erholsame Nacht, hoffentlich ist es für sie im Gästebett nicht zu unbequem.

XLII.

enngleich es nicht förderlich ist, Tina so deprimiert in der Wohnung zurückzulassen, wollte ich die Vereinbarung heute Abend trotzdem einhalten. Tina hat mir versichert, es wäre alles in Ordnung, so kann ich guten Gewissens mit Kai Klettern gehen.

Kai sieht sehr motiviert aus, als wir uns vor der Kletterhalle treffen. Drinnen stehen verschiedene Klettergerüste zur Verfügung. Kai lässt mich zunächst mit einem Trainer üben und sucht sich währenddessen eine mittelschwere Kletterwand aus. Der Trainer bindet mich zur Sicherung an Seilen fest, falls ich ausrutsche, hält er mich. Probeweise zieht er mich am Seil hoch, damit ich ein Gefühl dafür bekomme und keine Angst habe, zu fallen. Als nächstes darf ich anfangen hoch zu klettern, ab und an gibt der Trainer mir Tipps an welcher Stelle ich mich festhalten kann, um weiter zu kommen. Auf dem halben Weg nach oben und geht mir schon die Puste aus. Meine Arme fangen an zu schmerzen, ich kann meinen schweren Körper kaum daran hochziehen. Die fehlenden Muskeln in den Armen blieben bis heute unbemerkt. Aufgeben will ich indes nicht, dementsprechend beiße ich die Zähne zusammen und komme schließlich doch bis ganz nach oben. Der Trainer bedeutet mir, dass er mich langsam am Seil herunterlassen kann und lobt mich, als ich unten ankomme. In meiner verdienten Pause gebe ich Acht, wie schnell und gekonnt Kai die andere Wand hochklettert.

Als er fertig ist, kommt er zu mir herüber und wird mich diesmal statt dem Trainer sichern. Kai ist offenbar ein geübter Kletterer, deshalb vertraue ich ihm, dass er mich sichern kann. Nichtsdestotrotz werde ich unter Beobachtung von Kai schleichend nervöser. Immer noch an der einfachsten Wand setze ich meine Füße von einer Stufe auf die nächste, bis ich an einer Stelle nicht mehr weiterkomme, weil die Stufe zu weit von mir entfernt ist. Kai bemerkt mein Dilemma und gibt mir einen Ratschlag, so gelingt es mir noch ein Stück weiter nach oben zu kommen, bis ich plötzlich mit dem linken Fuß komplett abrutsche. Für einen kurzen Moment ist mir das Herz in die Hose gerutscht, aber Kai hat mich sicher gehalten und lässt mich wieder herunter. Er ermuntert mich noch einen Versuch zu starten. In Wirklichkeit habe ich keine Lust mehr, aber ich möchte auch nicht, dass Kai denkt, ich wäre feige. Beim nächsten Versuch, rutsche ich schon nach einem Drittel des Weges ab. Entmutigt breche das Kletterabenteuer ab. Mir ist bewusst, dass ich mich mal wieder blamiert habe, aber ich bin nun mal nicht sportlich, auch wenn ich es immer wieder versuche. Zunächst stürze ich mich immer mit viel Ehrgeiz in eine neue Sportart, um dann wieder desillusioniert herauszukommen. Beim Verlassen der Halle erzählt mir Kai noch von seinen diversen anderen Sportarten, die er alle ausübt. Unter anderem wandert er auch, das letzte Mal wäre er in fünf Stunden 22 Kilometer gelaufen. Natürlich habe ich keine Ahnung davon, ob das viel ist oder schnell. Ich weiß nur Eines, dass ich bestimmt nicht mal zwei Kilometer gelaufen wäre.

Tina liest gerade ein Buch, als ich völlig kaputt und frustriert zu Hause ankomme. Sie versucht mir einzureden, dass es bestimmt nicht so schlimm ausgesehen hat, wie ich mir das vorstelle, aber ich glaube trotzdem, dass sich in der Halle keiner so blamiert hat wie ich. Während ich mir eine Flasche Multivitaminsaft aus dem Kühlschrank hole, klingelt es an der Tür. David steht mit einem Blumenstrauß vor der Tür und will Tina sprechen. Ich schließe die Tür wieder und frage Tina, ob ich David hereinlassen soll. Sie wehrt kategorisch ab. Beim zweiten Mal steht David immer noch wie angewurzelt vor der Tür. Er bittet mich, Tina trotzdem die Blumen zu geben. Also nehme ich sie entgegen und lege sie vor Tina auf den Wohnzimmertisch.

Rasend vor Wut erklärt sie mir:

„Ich kann es nicht ausstehen, nur dann Blumen geschenkt zu bekommen, wenn einer was angestellt hat. Es reicht nicht, dass er mir das angetan hat, jetzt versucht er es auch noch auf diese Tour. Er meint wohl, dass er mir nur ein paar Blumen schenken muss und dann verzeihe ich ihm alles. Das stellt er sich aber verdammt einfach vor. Sonst hat er mir fast nie Blumen geschenkt, meistens nur, wenn er sich für irgendetwas entschuldigen wollte, einfach weil er ein schlechtes Gewissen hatte. Warum hat er mir nicht mal Blumen geschenkt, um mir zu zeigen, dass er mich liebt oder einfach mal als Dankeschön. Wenn er mir nur Blumen wegen seinen Schuldgefühlen schenkt, dann kann er die gerne behalten. Dann will ich lieber gar keine Blumen!"

Da muss ich Tina zustimmen.

XLIII.

Beim nächsten Besuch im Fitness-Studio kann ich Kai schon von weitem erspähen. Nach unserem letzten Treffen vergangene Woche herrschte Funkstille. Ihm ist natürlich auch nicht entgangen, wie ungeschickt ich mich beim Klettern verhielt. Das ist bestimmt der Grund, warum er kein Interesse mehr an mir hat. Soll ich einfach so zu tun, als ob ich ihn nicht kenne? Mir ist das peinlich, aber wenn er zufällig vorbeikommt, dann spreche ich ihn an. Uneingeschränkt begrüßt er mich später, als er mich an einem der Fitnessgeräte entdeckt hat:

„Hallo Rebecca, wie geht's dir? Hat dir das Klettern Spaß gemacht?"

Ich bestätige dies, obwohl ich mich eher gequält hatte und das weiß er auch, sonst hätte er gar nicht gefragt. Während unserem kurzen Small-Talk erwähnt er mit keinem Wort, dass er mich nochmal treffen will. Sicherlich sucht er eine Frau, die sportlicher ist. Da kann ich einfach nicht mithalten. Wahrscheinlich funktioniert eine Beziehung auch nicht gut, wenn einer dreimal die Woche Klettern geht und die Partnerin den Sport nicht mitmacht. Inzwischen hat sich Kai ein anderes Trainingsgerät ausgesucht. Allerdings bin ich erfreut, dass er mich angesprochen hat, dann weiß ich auch woran ich bin. Da habe ich also wieder eine Chance verpasst. Was mache ich nur falsch? Warum habe ich nie Glück bei Männern? Diese Fragen stelle ich mir immer wieder, die Antwort darauf werde ich wohl nie bekommen.

Nach einer Dusche daheim trockne ich meine Haare ab und setze mich zu Tina. Ihre Stimmung hat sich noch nicht geändert, seit sie bei mir eingezogen ist. Allmählich mache ich mir wirklich Sorgen um sie. Alle zwei bis drei Tage sieht sie ihre Tochter, mit David spricht sie nur das Nötigste ab. Ansonsten stürzt sie sich in die Arbeit, macht ständig Überstunden und ist phlegmatisch. Zur Abwechslung habe ich ihr vorgeschlagen, dass wir in die Disco gehen oder durch die Bars ziehen können. Davon will sie aber nichts hören. Vielleicht könnte ich sie zum Shoppen überreden, Klamotten und Schuhe einkaufen, bringt sie bestimmt auf andere Gedanken. Gleichermaßen könnte das schlimme Folgen für ihre Kreditkarte nach sich ziehen, Frustshopping kann teuer werden, sie würde alles mitnehmen was sie in die Finger kriegt, um sich besser zu fühlen. Es würde sich aber nur um eine kurzfristige Befriedigung handeln, angesichts dessen lasse ich den Vorschlag lieber weg. In ihrer Gemütslage muss ich wirklich vorsichtig sein, sie könnte auch leicht süchtig werden, um etwas zu kompensieren. Manche essen viel, wenn sie traurig sind und es ihnen schlecht geht, manche verfallen dem Alkohol oder fangen wieder mit dem Rauchen an. Es gibt viele Süchte und ich muss jetzt wirklich vorsichtig sein. Aber wenn sie immer nur zu Hause herumsitzt, dann wird sie noch trauriger und steigert sich mehr hinein, sie wird von Tag zu Tag depressiver und das kann ich nicht zulassen. Eine Sache fällt mir noch ein. Sie sollte sich mal wieder rundum wohl fühlen. Wie erreicht man das am besten? Bekanntlich mit einem Wellness - Tag. Genau das ist es, was sie jetzt braucht. Im Reisebüro haben wir natürlich viele Angebote, für Wellness Reisen. Tina will zweifellos nicht so weit weg, deshalb suche etwas in der Nähe, das sich schnell an einem Wochenende einplanen lässt. Nach einem Griff ins Wohnzimmerregal schlage ich den alten Katalog vom letzten Jahr auf, den ich im Reisebüro vor der Altpapiersammlung gerettet habe. Darin finden sich zwar nicht die aktuellen Preise, gleichwohl erfüllt er seinen Zweck. Beim Durchblättern überfällt mich selbst die Lust auf Wellness. Die meisten Angebote sind aber weit weg. Erst auf der vorletzten Seite entdecke ich etwas in der Nähe. Floating Tank hört sich doch super an. Begeistert springe ich von meinem Sessel auf und halte Tina das Prospekt vor die Nase, ungeachtet dessen, dass sie gerade fernsieht. Verwirrt sieht sie zu mir auf, im Endeffekt hat sie meine stillen Überlegungen nicht mitbekommen, aus diesem Grunde unterbreite ich ihr den Vorschlag, dieses Angebot auszuprobieren. Der gewünschte Effekt stellt sich jetzt schon ein, ihre Mine hat sich erhellt, sie ist damit einverstanden und ich glaube sie freut sich sogar ein bisschen darauf. So das hätten wir geschafft, endlich kann ich Tina für etwas begeistern.

Gleich am nächsten Morgen suche ich im Reisebüro die Adresse in Oberursel heraus und buche für uns am kommenden Samstag das Wellnesspaket Nautilus. Denn so steht der Termin endgültig fest und Tina kann es sich nicht nochmal anders überlegen, auf Basis dieser Buchung ist sie gezwungen mitzufahren und ich bin mir sicher, es wird ihr sehr guttun.

astig betreten Tina und ich das große Gebäude mit der Glaskuppel (ich nenne ihn kurzerhand Wellness Tempel) und schütteln den Regen von unseren Mänteln. Nur eine halbe Stunde hat die Fahrt nach Oberursel gedauert. In der Eingangshalle werden wir freundlich begrüßt und zeigen den Buchungszettel für das Wellnesspaket Nautilus vor, daraufhin erklärt uns die freundliche Dame in einem ausführlichen Vorgespräch, was uns das Programm bietet. Im Badeanzug verlassen wir die Umkleidekabine und betreten einen Raum, in dessen Mitte sich ein großes Wasserbecken befindet. Die Wände sind aufwendig mit Mosaiksteinen verkleidet und haben wundervolle Muster. Das Becken ist mit Wasser gefüllt, dass einen so hohen Salzgehalt aufweist, dass man von ganz alleine oben schwimmt. Also anders ausgedrückt, man schwimmt wie im Toten Meer, obwohl man kilometerweit davon entfernt ist. Gemächlich gehen wir ins Wasser und tatsächlich braucht man keinen Finger krumm zu machen, um an der Wasseroberfläche zu schwimmen. Im ersten Moment ist es komisch, aber dann fühlt es sich herrlich an, der Körper ist wunderbar leicht, alle Last fällt ab. Tina scheint es auch zu genießen, sie hat die Augen geschlossen und liegt mit dem Rücken auf dem Wasser. Das Deckengemälde betrachtend, das aus vielen kleinen Mosaiksteinen zusammengesetzt ist, fühle ich mich ins Paradies versetzt. Ich kann gar nicht sagen, wie lange wir in dem Salzwasser gelegen sind, man verliert dabei jegliches Zeitgefühl. Als wir uns nach diesem Bad geduscht und wieder abgetrocknet haben, entspannen wir kurz auf zwei Liegen und trinken einen Saft. Im Anschluss erwartet uns der nächste Programmpunkt, eine Massage, wir werden beide

gleichzeitig nebeneinander von zwei Masseusen auf Vordermann gebracht. Das Massageöl entfaltet seinen Duft schon im ganzen Raum, es riecht nach Orange oder Grapefruit, da bin ich mir nicht so sicher. Die Blockaden und Verspannungen in meinem Körper lösen sich durch die Massage. Danach dürfen wir noch kurz liegen bleiben und entspannen. Das Highlight haben wir uns für den Schluss aufgehoben und genießen nun bei leiser Musik das Duo-Floating, Tina und ich liegen zu zweit im Floating Tank, mir kommt es vor, als ob ich schwebe. Nach einer Dreiviertelstunde im Floating Tank dürfen wir noch in der Meeresklimakabine salzhaltige Luft schnuppern, mit geschlossenen Augen stelle ich mir den Mittelmeerstrand aus dem Urlaub im letzten Jahr vor. Bevor wir unser kleines Urlaubsparadies verlassen, will Tina noch einmal in das Salzwasserbecken und mir geht es ebenso.

Den abgelegenen Wellness Tempel verlassen wir dann wieder in Richtung Frankfurt, ich bin wie neu geboren und auch Tina scheint wie ausgewechselt. Sie hat für ein paar Stunden all ihre Sorgen vergessen und endlich kommt auch wieder die alte Tina zum Vorschein, denn sie macht sogar einen Witz und lacht wieder. Ich fühle mich nicht nur körperlich pudelwohl, sondern bin auch sehr glücklich darüber, dass ich Tina endlich aus ihrer Lethargie befreien konnte. Man kann sagen, das war für uns beide ein rundum gelungener Tag.

esend stehe ich vor einer Litfaßsäule und bin bemüht beschäftigt auszusehen. Auf keinen Fall will ich hier vor dem Eingang am Open-Air-Kino als Person zu erkennen sein, die auf einen Fremden wartet, das wäre mir zu peinlich, weil außer mir keiner hier steht. Bis zum Beginn der Filmvorführung sind es noch fast 2 Stunden, ab und an kommen Leute, die zielstrebig an die Kasse gehen und den Eingang passieren. Derartig auf das Filmplakat fixiert, merke ich kaum, wie sich mir ein Mann von der Seite nähert. Zur selben Zeit als ich seiner gewahr werde, drehe ich mich um und er begrüßt mich mit meinem Namen. Auch ihm dürfte nicht entgangen sein, dass ich hier die Einzige bin, die vor dem Eingangsbereich herumsteht, folglich musste ich natürlich sein Date sein. Freudestrahlend schüttelt er dabei meine Hand und bemerkt:

„Deine Hand ist aber kalt, das müssen wir gleich ändern. Ich bin übrigens Jonathan, wie du dir bestimmt schon gedacht hast."

Kurz überlege ich, ob ich ihm erzählen soll, dass ich praktisch immer kalte Hände habe, dann lasse ich es aber doch, denn ich möchte einfach genießen, wie er meine Hände reibt, um sie aufzuwärmen. Ungefähr vor zwei Wochen hatten Jonathan und ich angefangen uns zu schreiben, nachdem wir uns über die Partnervermittlung im Internet gefunden hatten und uns nun endlich zu einem Treffen durchgerungen haben. Fast an der Kasse angekommen, drängelt sich eine Gruppe von fünf Personen mit der Begründung an uns vorbei, dass sie schon Kinokarten hätten und sie nur vorzeigen müssten. Die meisten Besucher werden den Vorverkauf genutzt haben, aber ich wollte erst abwarten, wie das Wetter wird. Bei einem lauen Sommerabend wie heute steht dem Open-Air-Vergnügen allerdings nichts mehr im Wege. Eigens weil wir noch keine Kinokarten vorbestellt haben, sind wir rechtzeitig da, um noch welche zu ergattern, Jonathan bezahlt diese und wir können endlich hinein.

Gemütlich schreiten wir das Gelände ab, dabei kommen wir an einigen Zelten mit schwarzen Kreidetafeln vorbei, auf denen zum Beispiel handschriftlich notiert ist: Pizza, Döner, Currywurst, Getränke, Popcorn. Da liegt es nahe, dass Jonathan mich fragt, ob wir etwas zu Essen mitnehmen sollen. Eigentlich wäre jetzt auch der Zeitpunkt, wo ich zu Hause Abend essen würde, aber ich verspüre im Moment überhaupt kein Hungergefühl, ich brauche gerade nichts außer seine Gesellschaft. So langsam verstehe ich den Spruch: Man lebt von Luft und Liebe allein. Angesichts der Tatsache, dass ich aber lautes Magenknurren bekomme, wenn ich lange nichts gegessen habe und ich keinesfalls später während des Films deswegen peinlich berührt sein möchte, entschließe ich mich für Crêpes. Während Jonathan sich um die Verpflegung kümmert soll ich Sitzplätze für uns freihalten. Die Idee von ihm finde ich gut, denn inzwischen sind schon die meisten Stühle besetzt und ich habe keine Decke dabei, um sie auf den Rasen vor die Leinwand zu legen. Als wir zwei freie Stühle in der Mitte finden, legt Jonathan seine Jacke auf einen Stuhl, ich setze mich daneben und er verspricht, sich zu beeilen.

Nach einer relativ kurzen Zeitspanne kommt Jonathan mit zwei Crêpes und Getränken zurück. Es dauert auch nicht lange, dann sind sie verspeist und wir unterhalten uns über unsere Jobs und Interessen. Die Dämmerung setzt ein, da beginnt die Werbung, die uns aber nicht weiter aus dem Konzept bringt. Jonathan findet Werbung ebenso nervig wie ich, solange sie läuft, plaudern wir einfach weiter. Das allgemeine Gemurmel hört auch erst auf, als der Film anfängt, dann ist die ganze Aufmerksamkeit auf die riesig große Leinwand gerichtet. Ringsum ist es dunkel geworden, es ist eine sternenklare Nacht.

Heute wird eine deutsche Komödie gezeigt. An lustigen Stellen lacht das Publikum herzhaft, aber ich kann mich nicht auf den Film konzentrieren. So unauffällig wie möglich versuche ich mich eher auf die Armlehne zu stützen, die sich direkt neben seinem Stuhl befindet, um ihn aus den Augenwinkeln zu beobachten, ich kann ihn wohl kaum während des Films anstarren. Gelegentlich schaut Jonathan zu mir herüber und kommentiert eine Szene, das finde ich sehr sympathisch. Bei meinem Ex-Freund musste Totenstille herrschen, wenn ich es gewagt habe, während eines Films dazwischen zu reden, war er verstimmt. Immer näher an Jonathan herangekommen, berühren sich unmittelbar unsere Arme und ich könnte ihn küssen, wenn ich mich zu ihm wenden würde. Augenblicklich würde ich ihm gerne einen Schmatzer auf die Backe drücken, aber ich muss die Fassung bewahren, immerhin ist es das erste Date. Alsbald fällt mir auf, wie gut er riecht, es ist kein Parfum, vielleicht sein Aftershave, jedenfalls nichts Aufdringliches. Bei mir läuft es immer nach dem gleichen Schema ab: Hören, Sehen, Riechen. Zuvorderst achte ich auf eine männliche tiefe Stimme und den Inhalt des Gesprächs, dann kommt das Aussehen des Mannes und manchmal fällt mir der Geruch auf, aber nur wenn er extrem positiv oder negativ ist. Diesmal bei Jonathan gefällt mir alles. Vom Aussehen ist er eher unscheinbar, ich kann es auch gar nicht genau deuten, für mich ist er einfach unwiderstehlich, obwohl er nicht der sexy Typ ist, dem alle Frauen erliegen. Das bedeutet nicht, dass ich auf der Stelle über ihn herfallen würde, aber der Wunsch drängt sich mir auf in seinen Armen liegend den Film zu sehen. Völlig zerstreut versuche ich einen klaren Gedanken zu fassen. Ich merke wie ich bei Jonathan dahinschmelze und leichtsinnig werde. Normalerweise erlaube ich mir selbst nicht, solche Gefühle beim ersten Date mit einem Mann zuzulassen, um nicht verletzt zu werden. Aber wenn ich es recht bedenke, musste ich mich noch nie stark zurückhalten, weil ich sowieso nicht an Liebe auf den ersten Blick glaube. Ist das Liebe? Nein, das kann es nicht sein, Liebe wächst innerhalb einer langen Beziehung. Alsdann ist es einfach eine Schwärmerei. Gewiss sind es nicht nur die Hormone, so wie ich Jonathan kennengelernt habe, würden wir perfekt harmonieren. Ich muss meine Phantastereien augenblicklich stoppen, ich will einfach jede Sekunde mit ihm genießen, es wird sich zeigen, was die Zukunft bringt.

Der Film ist zu Ende und wir lassen uns langsam mit der Menschenmenge Richtung Ausgang treiben. Dort angekommen, fragt er mich:

„Der Abend ist noch jung, wollen wir noch etwas trinken gehen? Mit dem Auto ist es nicht weit zu einer Studentenkneipe, die du vielleicht kennst. Oder willst du jetzt schon heim?"

Um genau zu sein ist es schon halb zwölf, aber ich würde bestimmt kein Auge zu kriegen. Somit willige ich ein und nehme sein Angebot an, mich zur Kneipe zu fahren, weil ich die S-Bahn genommen hatte und kein Auto dabeihabe. Jonathan hat ziemlich weit weg geparkt, gegenwärtig stört mich das wenig, denn unterwegs schildert er mir seine derzeitige Situation. Ursprünglich kommt er aus Norddeutschland, wo seine Eltern immer noch leben. So oft er kann, fährt er hin, weil sich auch sein Freundeskreis dort befindet. Jonathan ist erst vor zwei Jahren wegen dem Arbeitsplatz nach Frankfurt gezogen und hat außer seinen Arbeitskollegen hier noch keinen richtigen Anschluss gefunden. Anfangs hat er sich total in die Arbeit gestürzt und nur Überstunden gemacht, deshalb versucht er auch auf dem Weg der Partnervermittlung neue Kontakte in meiner Stadt zu knüpfen. Vorerst sind wir am Parkplatz angekommen, und ich bin verblüfft, dass er einen BMW fährt, das Auto, das ich gerne fahren würde und auch noch in blau, meiner Lieblingsfarbe. Jonathan hat definitiv denselben Geschmack wie ich. Er öffnet mir die Beifahrertür und ich lasse mich genüsslich in den Sitz fallen. Bedauernswerterweise dauert die Fahrt nur etwa eine Viertelstunde. Am liebsten wäre ich jetzt den ganzen Abend mit ihm im BMW herumgekurvt. Ganz Gentleman macht er mir wieder die Tür zum Aussteigen auf.

In der urigen Studentenkneipe will ich noch von Jonathan wissen, ob er tanzen kann, das wäre noch das i-Tüpfelchen, wenn das bei uns beiden auch noch passen würde. Aber er verneint dies, er hätte nur halbherzig einen Versuch bei einem Tanzkurs unternommen, aber das wäre auch schon Jahre her. Man kann eben nicht alles haben, obendrein bin ich hin und weg von Jonathan, da ist es fast egal, was er von diesem Zeitpunkt an erzählt.

Soeben haben wir mit einem Prösterchen unsere Gläser geleert, als die Bedienung am Tisch vorbeikommt und sich an uns wendet:

„Wir schließen bald, könnt' ihr bitte zahlen? Kennt ihr schon unser Würfelspiel? Ihr dürft einmal würfeln und dann ich. Wer die höhere Augenzahl hat, hat gewonnen. Habt ihr mehr, dann geht die Rechnung aufs Haus, habe ich mehr, zahlt ihr den doppelten Preis. Oder wenn ihr nicht spielen wollt, dann zahlt ihr den normalen Rechnungspreis."

Hilfesuchend schaue ich Jonathan an. Er räuspert sich:

„Wie du willst, ich zahle die Rechnung, egal wie es abläuft. Ich überlasse dir die Entscheidung. Wenn du spielen willst, dann darfst du würfeln, du hast bestimmt ein glücklicheres Händchen als ich."

Die Bedienung grinst mich schelmisch an. Da bleibt mir kaum Zeit, mir das genau zu überlegen. Aus dem Gefühl heraus bin ich geneigt zu spielen. Es war bisher so ein aufregender Abend, also wegen Jonathans Anwesenheit. Heute kann doch gar nichts mehr schief gehen, oder? Sie wartet immer noch ab, bis ich dann schließlich doch den Würfelbecher in die Hand nehme und auf dem Tisch die Würfel ausleere. Die zwei Würfel ergeben zusammen 6 Punkte. Gleichermaßen spielt die Bedienung die Würfel aus und erhält 10 Punkte. Somit muss Jonathan in den sauren Apfel beißen und die Rechnung bezahlen. Es hilft auch nichts, dass ich ihm anbiete ein Teil zu bezahlen, er wehrt entschieden ab, denn es wäre ja schließlich vorher so abgemacht gewesen und er sei ein Mann, der sich an seine Versprechen hält.

Beim Verlassen des Lokals plagt mich immer noch das schlechte Gewissen, dass er wegen mir den doppelten Betrag zahlen musste, ich komme mir so bescheuert vor. Aber die Bedienung hat mich einfach überrumpelt, hätte ich Zeit zum Nachdenken gehabt, wäre ich wahrscheinlich nicht auf das Spiel eingegangen. Die Betreiber des Lokals werden sich anhand von Wahrscheinlichkeitsrechnungen beim Würfeln schon genau ausgerechnet haben, dass sie am Ende des Tages damit mehr Geld einnehmen, als ohne das Würfelspiel mit den Gästen. Während wir in Richtung meiner Haltestelle vorangehen, hält er an seinem geparkten Auto inne und schlägt vor:

„Zu dieser Stunde werden wohl nur noch Discothe-ken offen haben, aber wir können doch bei mir noch einen Rotwein öffnen?"

Das klingt wunderbar, aber ich glaube, dass ich mich dann nicht mehr unter Kontrolle hätte. Wenn ich jetzt mitfahre, dann kann ich Jonathan sicherlich nicht widerstehen und falle ihm gleich um den Hals. Daraus könnte er schlussfolgern, dass ich leicht zu haben bin und nichts für eine längere Beziehung. Keinesfalls kann ich ihm diese Begründung nennen und versuche, mich zunächst aus der Affäre zu ziehen:

„Es ist schon spät, ich fahre lieber heim, gegenüber ist die Haltestelle, meine Bahn fährt auch bald los."

„Soll ich dich nach Hause fahren? Wo wohnst du eigentlich?"

„Nein, danke. Ich muss genau in die entgegengesetzte Richtung. Mach dir keine Umstände."

„Willst du wirklich nicht? Ich fahre dich gern heim."

„Ist schon in Ordnung so. Es war ein schöner Abend. Du hast ja meine Handynummer, wir können also in Kontakt bleiben."

Jonathan nickt, fast mich am Arm, um mich näher an sich heranzuziehen und will mir einen Kuss auf den Mund geben, da drehe ich schnell meinen Kopf und strecke ihm meine Wange hin, sodass der Kuss schließlich dort landet (hätten wir uns jetzt leidenschaftlich geküsst, dann hätte ich ihm nicht wiederstehen können und wir wären heute Nacht im Bett gelandet). Bevor ich mich ganz von ihm löse, drückt er mich noch einmal fest an sich. Dann beeile ich mich zur S-Bahn-Haltestelle zu kommen, bevor ich es mir nochmal anders überlege.

Zwei Jugendliche stehen an der Haltestelle herum. Ich glaube, wenn niemand hier wäre, würde ich just einen Freudentanz hinlegen, so froh bin ich, Jonathan getroffen zu haben. Dabei habe ich noch seinen Duft in der Nase, und kann förmlich seine Umarmung spüren, ich bin total happy und meine Hormone spielen verrückt. Deswegen ist es besser, dass ich nicht mit ihm mitgefahren bin, sonst hätte ich mich nicht beherrschen können, mein Körper sagt ja und mein Herz sagt nein. Weil ich mich in ihn verliebt habe, will ich noch ein paar Dates abwarten, bevor wir zusammen schlafen, sonst hält er mich für ein Flittchen und will mich nicht mehr als Partnerin haben.

egen ein paar Tagen Sendepause zwischen Jonathan und mir hatte ich mir noch keine Gedanken gemacht, aber als ich heute Morgen vor Sehnsucht nach ihm fast gestorben bin, hielt ich es nicht länger aus und habe ihn per SMS gefragt, ob wir uns nochmal treffen können. Nach stundenlangem Warten hat er mir immer noch nicht geantwortet und so langsam wird mir klar, dass er mich gar nicht mehr sehen will, sonst hätte er sich seit unserem gemeinsamen Abend wenigstens noch einmal bei mir gemeldet. Hatte ich mich doch falsch entschieden und hätte mit ihm mitfahren sollen? Dann wäre es bestimmt passiert. Jetzt hält er mich zwar nicht für ein Flittchen, aber vielleicht denkt er, mein Interesse an ihm wäre nicht besonders groß.

Zu gerne hätte ich heute mein Date wegen Jonathan abgesagt, David hat mir nämlich für den Abend eine Verabredung besorgt. Sonst hat sich David nie um mein Privatleben gekümmert, aber anscheinend wollte ein Freund von ihm, er heißt Lucas, schon seit längerem mit mir ausgehen. Lucas war mir schon einmal bei einer Party von David und Tina begegnet, aber ich hatte keine weitere Notiz von ihm genommen. Damals hat er nicht den Eindruck gemacht, als ob er an mir interessiert wäre. Lucas hat mich vorgestern angerufen, nachdem ich David mein Einverständnis gegeben hatte, ihm meine Telefonnummer weiterzugeben. Lucas war sehr freundlich am Telefon und wir haben uns für heute Abend verabredet.

Lucas wartet wie vereinbart am Bahnhof auf mich und überfällt mich gleich mit seinem Ansinnen:

„Rebecca, ich habe von David gehört, dass du auch sehr spontan bist, so wie ich. Hast du denn Lust jetzt mal etwas ganz Verrücktes zu unternehmen, ich meine, wenn wir jetzt einfach nur was Essen gehen, das ist doch langweilig, außerdem können wir das hinterher immer noch machen. Bist du dabei?"

Obzwar ich keine Ahnung habe, worauf er anspielt, hat er nun doch mein Interesse geweckt und ich höre mich selbst zusagen.

Lucas ist begeistert:

„Toll, ich wusste, dass du mitmachst. Also, nicht weit von hier ist eine große Go-Kart-Bahn, die haben jetzt noch offen, da können wir dann mal ein paar Runden drehen."
Das habe ich noch nie gemacht, ist aber bestimmt auch nicht viel anders als Autofahren, somit kann ich mich zumindest nicht wie beim Klettern letztens blamieren.

In der Halle bekomme ich einen Helm aufgesetzt und eine kurze Anleitung von den Streckenposten. Verhalten sehe ich zunächst zu, wie Lucas mit den anderen Teilnehmern ein paar Runden fährt. Das Rennen wird mit der schwarz-weiß-karierten Flagge beendet und es beginnt eine neue Startaufstellung, diesmal bin ich dabei. Flugs sitze ich in einem Go-Kart, und warte bis ich an der Reihe bin, dass ein Streckenposten den Wagen startet. Die Ampel steht noch auf Rot und springt plötzlich auf Grün. Vorsichtig bediene ich das Gaspedal, um erst einmal ein Gefühl dafür zu bekommen, momentan befinde ich mich etwa im Mittelfeld, Lucas fährt hinter mir. Nach der vierten Kurve haben mich schon drei Fahrer überholt. Bei der ersten Fahrt muss ich achtsam sein, ich kenne noch nicht die Ideallinie auf der Strecke. Nach der zweiten Runde bin ich schon schneller und hole den Vorsprung der anderen wieder auf. Unerwartet haut mich jemand gegen die Bande, von hinten war einer angeschossen, um mich zu überrunden, den ich nicht bemerkt hatte. Durch den Schreck habe ich nicht aufgepasst und mein Motor ist ausgegangen. Ein Streckenposten ist schon unterwegs und startet meinen Motor wieder, sodass ich weiterfahren kann. Kaum eine Kurve weiter rammt mich wieder ein anderes Auto von der Seite, ich kann den Schlag gerade noch abfangen und bin darauf bedacht, dass der Motor nicht wieder ausgeht. Gleichlaufend zu meinem Wendemanöver, rempelt mich schon der Nächste an. Diesmal wird das Rennen vorzeitig wegen zu vieler Unfälle durch ein Hupsignal beendet. Frustriert steige ich aus und gehe wieder zur Startposition zurück. Zuschauen ist ja ganz in Ordnung, aber ich habe keine Lust mehr mitzufahren. Diese ständigen Rempeleien kann ich nicht leiden. Lucas fährt noch eine Runde, dann kommt er zu mir zurückgelaufen. Ihm macht das sichtlich Spaß und er wäre wohl noch lange weitergefahren, wenn er mich heute Abend nicht mitgenommen hätte. Wahrscheinlich, weil er merkt, dass ich nicht so begeistert vom Go-Kart fahren bin, macht er das Angebot, unmittelbar irgendwo Essen zu gehen. Er würde angeblich vor Hunger sterben. Erleichtert über diesen Einfall von ihm, machen wir uns auf den Weg.

Im Restaurant ganz in der Nähe bestellt jeder von uns eine Pizza. Wir unterhalten uns darüber, woher sich David und Lucas so gut kennen. Unterdessen überlege ich mir, dass es schon witzig wäre, wenn ich mit Lucas, dem besten Freund von David zusammen wäre, der mit meiner besten Freundin verheiratet ist. Der Abend hat zwar nicht so gut angefangen, aber dafür wird er immer besser. Mit Lucas ist man in amüsanter Gesellschaft. Nach einer Weile, die Pizza ist schon längst gegessen und wir haben schon zweimal Getränke nachbestellt, beschließen wir zu gehen und Lucas bittet den Kellner um die Rechnung. Dieser kommt nach etwa fünf Minuten wieder an unseren Tisch. Der Kellner rechnet alles auf dem Zettel aus und wir zahlen getrennt. Das enttäuscht mich wieder von ihm, dass er wohl zu geizig ist. Somit endet der Abend wie er anfing.

Beim Öffnen meiner Wohnungstür finde ich ein sich umarmendes Pärchen vor. Sobald die beiden mich bemerken, flüchtet David aus meiner Wohnung, noch ehe ich die Tür schließen kann. Tina kommt auf mich zu und erläutert mir, was geschehen war, als ich mit Lucas unterwegs war:

„Kurz nachdem du weg warst, hat es an der Tür ge-klingelt, ich wollte zuerst gar nicht hingehen, weil ich dachte, es ist bestimmt für dich und du warst nicht zu Hause. Dann habe ich doch nachgeschaut und David stand vor der Tür. Eigentlich wollte ich ihn nicht hereinlassen, andererseits war es wirklich höchste Zeit, dass wir mal ausführlich über alles reden. Also habe ich ihn doch hereingelassen und wir haben uns lange unterhalten bis eben, als du zur Tür hereingekommen bist."

„Oh, ich wollte euch nicht stören, aber ich hatte ja keine Ahnung, dass David hier ist."

Tina wehrt ab:

„Nein, das ist schon in Ordnung, wir hatten soweit al-les geklärt, ich hatte ihm versprochen, dass ich bald eine end-gültige Entscheidung treffen werde. Und außerdem ist das schließlich deine Wohnung. Also ich erzähle dir mal, wie das Gespräch gelaufen ist. Ich habe ihm natürlich wieder Vorwürfe gemacht, weil er fremdgegangen ist. Er hat mir dann verspro-chen, dass es nie wieder passiert, weil er mich um jeden Preis wieder zurückhaben will. Ich sollte mir das mit der Scheidung nochmal überlegen. Ich werde ihm wohl nie wieder so vertrau-en können wie früher. Aber um ehrlich zu sein, will ich die Scheidung eigentlich auch nicht. Ich will meine Familie wieder zurück, ich will alles wieder so haben wie früher, David und

meine Tochter und dass wir zusammen eine glückliche Familie sind. Ich hatte jetzt einige Wochen Zeit, darüber nachzudenken und ich glaube, inzwischen kann ich ihm verzeihen. Ich will das alles so schnell wie möglich vergessen und meine Familie wieder zurück. Was meinst du Rebecca, tue ich das Richtige?"

Meine Güte, ich bin völlig verblüfft, ist das die gleiche Tina von letzter Woche? Damals hat sie noch behauptet, sie würde David nie verzeihen können. Hat er sie mit einem Gespräch umgestimmt? Nun das ist ihre Sache, ich war schon mehr darin verwickelt, als mir lieb ist, deshalb rechtfertige ich mich:

„Tina, ich kann mich da nicht einmischen, es ist dein Leben, es ist dein Mann, keiner kennt ihn so gut wie du. Nur du kannst wissen, ob ihr zwei das wieder hinbiegen könnt. Ich kann dir die Entscheidung nicht abnehmen. Ich möchte nur dass du glücklich bist, ob das mit oder ohne David ist, kannst nur du wissen."

„Ja, natürlich und ich glaube, ich habe es die ganze Zeit gewusst, ich will David nicht verlieren. Es war bestimmt eine Lehre für ihn, dass er das nie wieder aufs Spiel setzt. Er hat mich zwar tief verletzt, aber ich kann ihm verzeihen, weil ich weiß, dass er sich in Zukunft Mühe geben wird und ich glaube ihm, dass er sich geändert hat. Ich werde morgen wieder nach Hause ziehen, ich werde ihn überraschen, wenn er von der Arbeit nach Hause kommt, bin ich schon da. Ich bin nur froh, dass ich die Scheidungspapiere noch nicht zum Anwalt geschickt habe. Vielen Dank Rebecca, ich werde nie vergessen, dass ich bei dir wohnen durfte und die ganzen Gespräche mit dir haben mir auch Kraft gegeben diese schwierige Zeit durchzustehen. Ich kann dir wirklich nicht genug dafür danken."

Obzwar ich nicht davon ausging, dass Tina wieder zurück zu David geht, bin ich dennoch erleichtert, wenn die beiden wieder als Paar zusammenfinden.

X L VIII.

ina und Lilly geben sich praktisch die Klinke in die Hand. Während Tina mit ihren gepackten Koffern wieder zu ihrem Mann David nach Hause zurückkehrt, spaziert Lilly zur Tür herein. Beinahe hätte ich schon vergessen, dass wir gemeinsam an einem Geschenk für unsere Mutter arbeiten wollten. Anlässlich ihres Geburtstages gibt sie ein großes Fest, es sind Freunde, Familienmitglieder und Nachbarn eingeladen. Lilly hatte die blendende Idee, diesmal einen Fotokalender für Mama zu basteln. Das passende Papier hat Lilly schon mitgebracht, also kümmern wir uns sogleich um die Fotos. Einige Bilder aus Thailand hat sie auch dabei. Lilly kocht sich einen Kaffee in meiner Küche, indessen hole ich meine große Fotokiste aus dem Schrank, darin liegen viele Schnappschüsse total wirr durcheinander. Mit einem Ruck leere ich die Fotokiste aus. Auf dem Tisch liegt nun alles auf einem Haufen. Lilly seufzt, als sie den ganzen Stapel mit Fotos auf dem Tisch erblickt, denn das wird schon eine Weile dauern, bis wir welche herausfischen, die wir für Mamas Kalender verwenden können. Die ganzen Urlaubsbilder sortiere ich erst einmal aus, damit ist der größte Teil auch schon vom Tisch. Warum macht man eigentlich fast immer nur im Urlaub Fotos? Das ist auch so ein Phänomen. Urlaubsbilder sind jedoch für unseren Zweck nicht adäquat, daneben finden sich erfreulicherweise noch einige Familienfotos. Der Stapel ist schon durchgearbeitet, da fehlen uns immer noch welche, um den Kalender zu vervollständigen. Das kann doch nicht so schwer sein. Meine Fotokiste gibt aber leider nichts mehr her. Als letzte Möglichkeit bleibt nur noch ein Blick in meine Fotoalben. Zur Not kann man dort auch Fotos heraustrennen. Beim Durchblättern der

Alben kommen so einige Erinnerungen wieder hoch. Lilly braucht nur zu sagen, weißt du noch, dann kriegen wir uns fast nicht mehr ein vor Lachen. Es macht richtig Spaß in Erinnerungen zu schwelgen, vor allem mit jemandem, der das alles miterlebt hat. Inzwischen haben wir auch die letzten drei Bilder herausgesucht, die uns noch fehlten. Die Fotos in der richtigen Reihenfolge in den Fotokalender geklebt, verpacken wir schlussendlich das Geschenk und schreiben für Mama noch eine Geburtstagskarte.

Lilly ist jetzt so richtig in Stimmung noch in meinen anderen Fotoalben herum zu stöbern. Während Lilly also das zweite Album betrachtet, fühle ich plötzlich einen Stich in der Magengrube. Mein Ex-Freund grinst mich gerade von einem der Bilder an. Der Schmerz ist akut, obwohl es schon mehr als zehn Jahre her ist, seit wir uns getrennt hatten. Wenn ich diese Fotos sehe, dann bin ich in die Zeit zurückversetzt.

Lilly merkt, was mit mir los ist:

„Ist es immer noch so schlimm, Schätzchen?"

Langsam laufen mir die Tränen übers Gesicht und ich erwidere:

„Ja, wenn ich die Fotos sehe, wie glücklich wir waren, dann kann ich immer noch nicht ganz verstehen, was damals passiert ist. Er hat mich geliebt wie kein anderer und ich hätte ihn nie gehen lassen sollen. Wir waren so jung, hatten unterschiedliche Vorstellungen und Träume. Außerdem hat seine Eifersucht mir fast die Luft zum Atmen genommen. Dennoch werde ich nie wieder Einen finden, der mich so sehr liebt."

„Ja, du hast Recht, du wirst nie wieder so Einen finden, aber soll ich dir mal etwas sagen? Der Nächste wird noch viel besser und er wird dich auch besser behandeln, nicht so eifersüchtig sein und dir genügend Freiheit lassen. Es gibt keinen Grund, deinem Ex nachzutrauern und erst recht nicht nach so langer Zeit. Ich weiß, dein Herz ist gebrochen, aber das passiert fast jedem. Und was haben wir daraus gelernt? Das

Herz kann wieder heilen und manchmal werden die Gefühle beim nächsten Mal umso stärker. Also freu dich lieber auf deinen nächsten Partner, das kann ich dir sogar versprechen, er wird besser sein."

Das klingt so wunderbar und fantastisch, dass ich es kaum glauben kann. Ich hoffe sehr, dass meine Schwester recht behält und ihre Voraussage bald Wirklichkeit wird.

agelang ist nichts passiert, während ich gespannt auf eine Nachricht von Lucas gewartet habe. Auch von Davids Seite gab es keinen Aufschluss. So langsam beschleicht mich das Gefühl, dass ich nur ausgetrickst wurde. Womöglich hat David von Anfang an geplant, mich an dem besagten Abend aus meiner Wohnung zu locken, damit er ungestört mit Tina reden konnte. Wenngleich ich mich freue, dass die beiden wieder zusammen sind, ist es unverschämt, dies auf Kosten meiner Gefühle zu erwirken. Es sieht so aus, als ob er seinen besten Freund gebeten hat, mit mir auszugehen, um mich loszuwerden. Diesen Freundschaftsdienst musste Lucas ihm wohl leisten. Wenn es wirklich so gelaufen ist, kann ich Lucas keinen Vorwurf machen und David ist hinterhältiger als ich dachte. Das habe ich wirklich nicht verdient, nachdem ich sein böses Spiel immerhin mitspielte und gegenüber Tina seine Affäre verschwieg. Das werde ich nicht mit mir machen lassen, deshalb rufe ich David kurzerhand an. Er wirkt gestresst:

„Also schieß los, ich hoffe, dass es wichtig ist, denn ich habe im Moment wenig Zeit."

Das ist mir völlig egal, ob er Zeit hat, mit mir spielt er jedenfalls keine Spielchen mehr:

„Findest du das etwa fair, einfach mit meinen Gefühlen zu spielen? Ich kann verstehen, dass du dich wieder mit Tina versöhnen wolltest, aber da hättest du mich einfach mal fragen können, ob ich einen Abend ohne Tina ausgehen würde. Aber du hast mir vorgemacht, dass Lucas wirklich an mir interessiert wäre, dabei hast du ihn nur benutzt, um mich loszuwerden."

David ist verblüfft:

„Denkst du das wirklich? Ich verstehe das nicht. Was hat Lucas denn zu dir gesagt?"

Jetzt versucht er wieder den Unschuldigen zu spielen, das kenne ich schon von ihm, aber ich werde die Wahrheit aus ihm herauslocken:

„Lucas hat gar nichts dazu gesagt, weil er sich nicht mehr bei mir gemeldet hat, aber das dürfte dich wohl nicht wundern."

David erklärt mit gedämpfter Stimme:

„Gut, ich kann mir schon vorstellen, dass es für dich so aussieht, als hätte ich das alles arrangiert. Aber so war es wirklich nicht. Lucas lag mir schon eine Weile in den Ohren, dass er dich kennenlernen wollte. Du kannst mir nicht verdenken, dass ich mit Tina an dem Abend reden wollte, wenn ich schon wusste, dass du aus dem Haus bist. Das war einfach eine gute Gelegenheit, ich habe mir nichts weiter dabei gedacht. Hätte ich dich vorher um Erlaubnis fragen sollen, ob ich mit meiner Frau sprechen darf? Was Lucas betrifft, der hat mir erzählt, wie euer Date gelaufen ist. Ihn hat an dem Abend etwas gestört, es ist nicht meine Schuld, dass er sich nicht mehr bei dir gemeldet hat."

„Was hat ihn denn gestört? Nun rück' schon raus mit der Sprache! Du kannst es mir ruhig sagen, wenn du schon damit angefangen hast. Wenn es darum geht, dass mir das Go-Kart fahren nicht so viel Spaß gemacht hat, dann kannst du Lucas sagen, dass so ein Date wohl kaum eine Frau begeistert. Romantisch war es auf jeden Fall nicht."

„Da hast du vielleicht Recht, das kann ich nicht beurteilen, ich kann dir nur erzählen, wie er es dargestellt hat. Es ging dabei absolut nicht ums Go-Kart-Fahren, das hat er gar nicht weiter erwähnt. Beim Essen hättest du in jedem zweiten

Satz deinen Ex-Freund erwähnt und wie toll er war. Das hat ihn davon abgehalten nochmal mit dir auszugehen."

Wenn ich genau über das Gespräch mit Lucas nachdenke, muss ich zugeben, dass ich an dem Abend wirklich viel über meinen Ex geplaudert habe. Wie es scheint, war das ein schwerwiegender Fehler. Schon wieder habe ich alles falsch gemacht, wahrscheinlich werde ich das bei meinen Verabredungen nie richtig hinbekommen. Aus Fehlern lernt man bekanntlich. Das perfekte Date wird dann stattfinden, wenn ich gelernt habe, was ich unbedingt vermeiden muss. Anscheinend hatte ich noch nicht genug Verabredungen, also werde ich damit fortfahren. Wer weiß, vielleicht bekomme ich irgendwann den perfekten Mann, wenn ich dann endlich gelernt habe, bei einem Date alles richtig zu machen.

usammen mit Lilly betrete ich den aufwendig dekorierten Raum, den unser Vater für die Feier organisierte, in dem die vierzig Gäste Platz gefunden haben. Musik und lautes Stimmengewirr ist zu hören, wir gehen auf unsere Mutter zu und umarmen sie, dabei ist sie heute voll in ihrem Element, sie hat gerne viele Menschen um sich. Zunächst überreicht Lilly ihr unser gemeinsames Geschenk und mischt sich dann unter die Leute. Meine Tante Corinna eilt auf mich zu, als sie mich entdeckt hat. Ich wäre nicht böse gewesen, wenn sie mich den ganzen Abend nicht beachtet hätte. Gehässig wie eh und je kann sie es nicht lassen, mich darauf anzusprechen:

„Hallo Schätzchen, hast du niemanden mitgebracht? Ich sehe keinen Ring an deinem Finger. Wann willst du denn endlich heiraten? Du bleibst schließlich nicht ewig jung!"

Das geht mir jetzt schon ziemlich auf die Nerven! Jedes Jahr die gleichen Fragen. Als ob mein einziges Ziel in diesem Leben wäre, dass ich irgendwann heirate. In welchem Jahrhundert leben wir denn? Was mich aber am meisten an diesen Fragen stört ist, dass sich andere in mein Leben einmischen. Das geht sie überhaupt nichts an, außerdem tun sie so, als wäre es schlimm, wenn man als Frau alleine ist. Was soll daran so schlimm sein? Sie sind doch nur neidisch darauf, dass wir Frauen heutzutage nicht mehr von den Männern abhängig sind. Sie wollen uns in die gleiche Rolle drängen, wie sie, weil sie es uns nicht gönnen, dass wir die freie Wahl haben, wie wir unser Leben gestalten wollen.
Aber Tante Corinna ist noch lange nicht fertig, sie setzt noch einen drauf:

„Ich habe mir mal erlaubt, weil deine Mama so nett war, mir die Aufstellung von den Tischkärtchen zu überlassen, dich heute neben Manuel zu setzen. Das ist immerhin noch der einzige Mann in diesem Saal, der noch zu haben ist. Wie du weißt, ist er ein ewiger Junggeselle. Er soll mal gesagt haben, dass er niemals heiraten will."

Nun diese Tatsache macht ihn eigentlich schon sympathisch. Ich kann es mir trotzdem nicht verkneifen, meiner Tante zu widersprechen:

„Was soll ich dann mit ihm anfangen? Wenn er nie heiraten will, hast du doch gar nichts erreicht, indem du uns nebeneinandersetzt. Nachher bin ich immer noch ledig, wenn wir uns wiedersehen."

„Ach was, das sagen doch alle Männer am Anfang, irgendwann wirst du ihn bekehren."

Meine Tante gibt nie auf. Was soll's, mir ist ohnehin egal, neben wem ich sitze. Schließlich beginnt das offizielle Programm mit Lillys kurzer Einführungsrede, sodass ich Tante Corinna entfliehen kann. Wie immer findet Lilly bei feierlichen Anlässen die richtigen Worte und Mama ist sichtlich gerührt. Inzwischen hole ich die dreistöckige Torte, die ich in den letzten zwei Tagen gebacken und dekoriert habe, um die Kerze anzuzünden. Mit einer Kerze habe ich fürliebgenommen, ich möchte Mama nicht an ihr Alter erinnern, erstens sieht sie noch jung aus und zweitens hat sie sich im Herzen ihre Jugend bewahrt. Modern ist sie geblieben, weil sie immer mit der Zeit gegangen ist. Mama hält einen Moment inne, um sich etwas zu wünschen, nachdem sie die Kerze ausgeblasen hat. Anknüpfend klatschen alle, setzen sich auf ihre Plätze und warten bis die Bedienung die Kuchenstücke verteilt hat. Zu ihrem runden Geburtstag hat sie extra einen Partyservice organisiert, bei so vielen Gästen! Vorübergehend sind fast alle mit dem Essen beschäftigt.

Nach einer Weile sucht Manuel das Gespräch. Wir unterhalten uns über die Arbeit und unsere Hobbies, das übliche eben, wenn man sich kaum kennt, ich habe ihn auch schon länger nicht gesehen, nur ab und zu mal auf Partys, weil er der Sohn einer Bekannten von Mama ist. Als nächstes wird eine Showeinlage von meinen zwei Cousinen geboten, die dem Ballett verfallen sind und ihre Interpretation von Schwanensee zeigen. Die beiden sind wirklich goldig und ihre Darbietung wird mit tosendem Applaus gewürdigt. Anschließend wird Musik aufgelegt und die kleine Tanzfläche wird von ein paar Mutigen gestürmt, allmählich kommt Partylaune auf. Wie zu erwarten war, kann Manuel nicht tanzen, denn heutzutage können die wenigsten Männer in meinem Alter tanzen. Deswegen wage ich mich mit Lilly auf die Tanzfläche. Die Hälfte des Abends verbringe ich auf dem Parkett, den Rest mit dem Menü. Sobald die abschließende Darbietung, ein Gedicht von Mutters bester Freundin, beendet ist, mache ich die Runde im Saal, um mich von den wenigen zu verabschieden, die noch so lange geblieben sind. Als ich an unserem Tisch angelangt bin, fragt Manuel zaghaft:

„Sollen wir uns vielleicht mal treffen? Ich meine, wenn wir nicht so unter Beobachtung stehen wie heute Abend. Du weißt, was ich meine!"

Da hat er vollkommen Recht, vor allem meine Tante hat uns ständig belauscht. Dementsprechend gebe ich ihm so unauffällig wie möglich meine Nummer und verlasse zusammen mit Lilly die Party.

erade im Begriff die Konzerthalle zu betreten, weil die Eingangstür zuvor geöffnet wurde, muss ich wieder warten, damit die Sicherheitsleute jeden Besucher inklusive deren Taschen genau untersuchen können. Gegenwärtig nehmen sie den Fans alle mitgebrachten Getränke ab. Als ich an der Reihe bin, geht es dann relativ flott. Seit einem Jahr freue ich mich schon auf eine meiner Lieblingsbands, ich bin so aufgeregt, heute endlich die US-amerikanische Band „Nickelback" live performen zu sehen. Bis das Konzert anfängt, besorge ich mir ein Getränk. Von der Bühne ist Musik zu vernehmen, das ist jedoch kein Grund in Panik zu verfallen, einleitend spielt die Vorband. Auf der Suche nach meinem Sitzplatz, fällt mir das Gedränge ganz vorne an der Bühne auf. Ich kann mich noch erinnern, wie ich als Teenager bei Konzerten auch immer ganz vorne mit dabei war. Heutzutage ist es mir dort zu eng, ich möchte nicht immer weiter nach vorne gedrängt oder von den Umstehenden angerempelt werden. Eine Stehplatzkarte ist allemal billiger, aber das ist es mir wert, manchmal bietet sich auch nur einmal im Leben die Gelegenheit bestimmte Bands oder Musiker live zu erleben. Der Name der Vorband ist mir nicht bekannt, aber die Musik gefällt mir erstaunlicherweise ganz gut, obwohl sie natürlich lange nicht an den Haupt-Act heranreicht. Kaum ist die Vorband von der Bühne gehuscht, sind die Bühnenarbeiter unverzüglich damit beschäftigt, diese umzubauen. Das gibt mir die Gelegenheit, mich nochmal in der Vorhalle umzuschauen. Mein Versuch an den Verkaufsstand der Nickelback-Fanartikel heranzukommen scheitert daran, dass noch viele andere Konzertbesucher die kurze Pause dazu nutzen wollen. Also gehe ich ein

Stück weiter, dort werden unter anderem CD's der Vorband verkauft, verständlicherweise ist hier nicht so viel los. Binnen kurzem komme ich mit einem der Verkäufer ins Gespräch. Wir müssen uns doch eine ganze Weile unterhalten haben, auf einmal höre ich den einsetzenden Jubel im Saal und die ersten Gitarrenriffs von „Rockstar". Patrice, so heißt der Verkäufer, lädt mich ein, nach dem Konzert bei ihm vorbeizuschauen. Ich verspreche ihm dies und eile zurück in den Saal, denn ich will kein Stück vom Konzert verpassen.

Flugs bin ich wieder an meinem Sitzplatz, an dem ich fast die komplette Bühne beobachten kann und vor allem den Sänger und den Gitarristen im Blickfeld habe. Die Musik ist mir so in Fleisch und Blut übergegangen, dass ich fast jeden Titel mitsingen kann. Die letzten Wochen hatte ich ihre Songs im Auto rauf und runter gehört. Es ist unglaublich die Band wirklich live auf der Bühne zu sehen. Die Bühnenshow ist gigantisch, zwischendurch wird immer wieder ein Feuerwerk auf der Bühne abgebrannt, dafür hat die Band eigens einen Pyrotechniker mit auf Tour genommen. Im Hintergrund laufen nebenher auf einem großen Bildschirm abwechselnd Musikvideos von „Nickelback" und Großaufnahmen der Bandmitglieder. Dabei bin ich absolut begeistert, wenn ich dem Gitarrist Ryan Peake auf die Finger sehen kann, ach, könnte ich doch nur halb so gut Gitarre spielen. Ein Hit folgt dem nächsten, ich kann gar nicht sagen, welcher der Beste ist, weil ich die Rockmusik im Grunde meines Herzens am meisten liebe, auch wenn ich manchmal Klassik, Oper oder Pop höre. Blitzartig schießen mir bei „Savin' me" viele Gedanken durch den Kopf. Zum einen der Text, den ich mitsinge und das Gefühl, das dieser Song bei mir auslöst, zum anderen die Unfassbarkeit dabei die Band direkt vor Augen zu haben. Am liebsten würde ich jemanden bitten, mich zu kneifen, damit ich weiß, dass alles echt ist und wirklich in diesem Moment geschieht. Nach zwei Stunden verlässt die gesamte Band die Bühne, die Konzertbesucher hoffen allerdings auf eine Zugabe. Deshalb legen sich die Fans nochmal richtig ins Zeug und schreien laut „Zugabe", pfeifen und stimmen zum Schluss noch ein Lied an. Als der Sänger Chad Kroeger auf die Bühne sprintet, wird der Applaus ohrenbetäubend laut, es folgen drei Titel bevor es heißt: „Good night, see you!". Zuletzt stellen sich alle Bandmitglieder nach vorne und verneigen sich vor den Fans. Voller Euphorie verlasse ich in langsamem Tempo mit den anderen Konzertbesuchern die Halle, auch während des Konzerts hatte ich den Eindruck, dass alles sehr friedlich abgelaufen ist, es gab keine Randalierer, keine Drängeleien und keine Aggressivität unter den Fans, es war eine ausgelassene und fröhliche Stimmung.

Beim Rausgehen fällt mir plötzlich wieder Patrice ein, ich hatte die Einladung schon fast wieder vergessen. Sollte ich wirklich nochmal bei den Fanartikeln vorbeischauen? Warum eigentlich nicht, was habe ich schon zu verlieren? Bevor ich zu Patrice und seinem Fanartikelstand komme, erwerbe ich am Stand nebenan noch ein Plektrum-Set von „Nickelback", um später dieses Konzert wieder wachrufen zu können. Kurz nachdem ich Patrice gefunden habe, macht er Feierabend und lädt mich auf einen Drink ein, gegen Backstage Pässe hätte ich jetzt auch nichts einzuwenden, aber man kann im Leben eben nicht alles haben. Vereinzelt stehen noch einige Leute am Getränkestand herum, die sich unterhalten. Patrice erzählt mir von den Staralüren der Vorgruppe, welche diese schon hätten, obwohl sie noch gar nicht berühmt sind. „Nickelback" war auch mal als Vorband unterwegs, ich kann mich erinnern wie sie der Menge eingeheizt haben, bevor „Bon Jovi" kam, damals kannte sie kaum jemand in Deutschland. Es gibt viele Beispiele, Queen war die Vorgruppe von „Guns N' Roses" auf der „Use Your Illusion"-Tour, bedauerlicherweise ohne Freddie Mercury. Patrice schildert wo er mit der Band unterwegs ist und manchmal würde er auch beim Aufbau mithelfen, wenn gerade zu wenig Leute da wären, letztens hätte er das Schlagzeug aufgebaut. Gewiss ist das ein aufregendes Leben mit einer Band auf Tournee zu sein, ich finde es spannend all diese Geschichten darüber zu hören. Unvorhergesehen reißt mich Patrice aus meinen Träumen:

„Hast du nicht Lust mit auf mein Hotelzimmer zu kommen und mit mir die Nacht zu verbringen?"

Natürlich, wie konnte ich nur so dumm sein? Was sollte er sonst von mir wollen? Morgen zieht er ja schon weiter zur nächsten Stadt. Total überrumpelt lehne ich auf der Stelle ab. Patrice zuckt mit den Schultern und erwidert:

„Das war nur so eine Idee, ich hatte das Gefühl, dass es zwischen uns knistert. Wenn ich deine Augen sehe, merke ich, wie da ein leidenschaftliches Feuer brennt."

Um so schnell wie möglich seinen Reizen zu entfliehen (der Kerl ist echt heiß), lasse ich Patrice einfach so stehen und eile zum Ausgang. Seine Überredungskünste versuche ich zu vergessen, obwohl ich just in diesem Moment daran denken muss, was Lillys Freundin uns auf ihrer Party über ihren Sex-Gott erzählt hat, vielleicht ist Patrice ein guter Liebhaber und ich habe mir soeben die Chance meines Lebens verbaut. Um den Gedanken nicht weiter zu spinnen, erinnere ich mich lieber an die Highlights des schönen Konzerts, da habe ich bereits den Ohrwurm „If everyone cared" auf den Lippen.

bwohl ich Jessica in der Mittagspause jede Einzelheit vom Rockkonzert erzähle, erwähne ich kein Wort von Patrice, das ist auch nicht nötig, es ist schließlich nichts vorgefallen. Unerwartet klingelt mein Handy. Nachdem ich das Gespräch beendet habe, forscht Jessica nach, wer das war. Mir bleibt nichts anderes übrig, als ihr das Geheimnis zu verraten, sonst lässt sie mich den Rest des Tages nicht mehr in Ruhe:

„Das war Manuel, du kennst ihn doch von der Party meiner Mutter. Er hat mich gefragt, ob ich heute Abend mitkomme, um das große Feuerwerk anzusehen. Den Rest hast du ja mitbekommen, ich werde ihn also später treffen."

Stefan hat ein breites Grinsen auf dem Gesicht, wir sind alle drei im Reisebüro, deswegen hat er alles mitgehört. Nun möchte ich doch von ihm wissen, was dieses Lächeln zu bedeuten hat. Er meint nur:

„Nichts weiter, ich habe mich eben nur gefragt, wie viele Dates du noch haben wirst."

Das ist eine gute Frage, offensichtlich hatte ich schon sehr viele. Zugleich bedeutet es, dass ich bereits lange nach dem perfekten Partner suche und ihn immer noch nicht gefunden habe. Angenommen das Date mit Manuel wäre mein letztes, dann hätte es sich auf alle Fälle gelohnt sich unablässig auf diese Abenteuer einzulassen. Dessen ungeachtet, dass ich Manuel schon öfter auf Partys angetroffen habe, weiß ich über ihn auch nicht mehr als über die anderen Männer vor dem ersten Date. Von ihm habe ich auch nur so oberflächliche Details wie seine Hobbys erfahren, das wusste ich von den

185

anderen Männern durch vorherige Telefonate auch. Aber heute Abend bietet sich die Gelegenheit dies zu ändern.

Direkt vor meiner Wohnungstür holt mich Manuel ab und wir fahren wie geplant zum Feuerwerk, wenngleich ich zunächst noch skeptisch bin, ob das Feuerwerk überhaupt stattfindet, denn es war den ganzen Tag über schon bewölkt mit zeitweiligem Nieselregen. Als wir im Park ankommen, versichern die Veranstalter, dass es auf jeden Fall ein Feuerwerk geben wird, wenn nicht plötzlich ein heftiger Sturm mit starkem Wind aufkommt. Auf dem Rasen haben sich schon viele Zuschauer eingefunden, die Wiese wird von Imbiss- und Getränkebuden flankiert. Bei einem Glas Sekt hat Manuel spannende Geschichten aus seinem Alltag als Pilot auf Lager. Manuel ist wirklich begeistert von seiner Tätigkeit, nur eines macht ihm manchmal zu schaffen, das sind die verschiedenen Zeitzonen:

„Wenn ich zum Beispiel nach Japan fliege und dort ist es taghell, während es in Deutschland mitten in der Nacht wäre, dann bin ich oft schon müde und fahre gleich ins Hotel zum Schlafen."

Gewissermaßen ist er noch Co-Pilot, er hat noch nicht genügend Flugstunden hinter sich gebracht, um Pilot zu sein. Die Zeit vergeht rasend schnell, wenn Manuel von seinem spannenden Beruf erzählt, inzwischen hat schon das Feuerwerk angefangen.

Über Lautsprecher hören wir die Filmmusik von „Fluch der Karibik", die Feuerwerkskörper werden passend dazu abgefeuert, zwischendurch knallt es so laut, dass die Musik fast untergeht. Dieses Feuerwerk ist für meine Begriffe viel glanzvoller als das Durcheinander, dass man von Sylvester gewohnt ist. Die verschiedenen Farben am Himmel fügen sich zu einem abgerundeten Bild zusammen, mit der Musik ergibt das ein formvollendetes Gesamtkunstwerk. Die Zuschauer sind hingerissen, man hört immer wieder ein „Ah" oder „Oh", wenn eine besondere Rakete zum Himmel steigt. Leider ist das Feuerwerk viel zu schnell vorbei. Wie immer im Leben, scheint die Zeit bei schönen Ereignissen schneller zu vergehen, am liebsten würde man sie noch eine Weile festhalten oder noch besser den Moment einfrieren. Menschen versuchen dies oft mit Fotos oder Filmen zu tun, sie werden jedoch nie wieder die gleiche Sinnesempfindung, wie in diesen Minuten spüren.

Durch den Park schlendernd kommentiere ich noch das Feuerwerk, desgleichen laufen wir manchmal schweigend nebeneinander her. Heute halte ich ihn für menschlicher als ich ihm früher beigemessen hätte, total voreingenommen hatte ich ihn die letzten Jahre aus der Ferne eher arrogant eingeschätzt. Höflich wie er ist, setzt er mich wieder zu Hause ab. Bevor er wegfährt, spreche ich ihn darauf an, ob wir uns eventuell wieder treffen, denn ich möchte nicht schon wieder (wie das bei den meisten anderen Männern nach dem ersten Date der Fall war) eine Woche vor dem Telefon sitzen und warten, ob er sich meldet.

Seine Auskunft fällt eindeutig aus:

„Rebecca, du darfst das jetzt nicht falsch verstehen. Ich fand den Abend mit dir wirklich nett, aber wir sollten lieber nicht mehr miteinander ausgehen. Ich möchte nicht, dass du dir falsche Hoffnungen machst. Wahrscheinlich wäre es besser gewesen, ich hätte dich heute Abend nicht eingeladen.“

Das klingt schon sehr merkwürdig, ich war doch nicht zu aufdringlich, sonst hätte ich ihn darauf festgenagelt, ein zweites Treffen auszumachen. Also gehe ich der Sache auf den Grund:

„Warum hast du mich dann überhaupt eingeladen?“

Nur widerwillig bekennt er:

„Du wirst jetzt wahrscheinlich sauer sein, aber ich habe mich dazu überreden lassen, weil deine Tante mir bei der Geburtstagsfeier keine Ruhe gelassen hat, bis ich ihr schließlich

hoch und heilig versprochen hatte, mit dir auszugehen. Es liegt absolut nicht an dir, wie gesagt, der Abend hat mir gut gefallen. Es ist nur so, dass ich einfach nicht der Typ für feste Beziehungen bin."

Meine liebe Tante, das hätte ich mir gleich denken können, dass sie dahintersteckt. Mit ihr habe ich noch ein Hühnchen zu rupfen. Mich interessiert jetzt aber doch, wie das kommt, dass Manuel ein ewiger Junggeselle bleiben will:

„Du sagst also feste Beziehungen sind nichts für dich. Hast du es denn wenigstens mal versucht?"

„Ja, ich habe es schon öfter versucht, aber es hat nie lange gehalten. Ich bin beruflich oft unterwegs und kaum zu Hause, das hält keine Frau lange aus. Dazu gesellt sich dann meistens noch die Eifersucht, wenn sie die Stewardessen sehen, mit denen ich fliege. Es tut mir wirklich leid, Rebecca, ich kann einfach nicht. Ich habe das schon zu oft erlebt, deshalb lebe ich lieber allein."

Seine Entschlossenheit zu diesem Thema zeigt mir deutlich, dass ich sowieso keine Chance habe, ihn vom Gegenteil zu überzeugen. Ich habe keine Ahnung, ob er der Richtige für mich ist, oder ich die Frau seiner Träume. Es fällt mir trotzdem unglaublich schwer seine Entscheidung zu akzeptieren, weil ich bei seinen Ausführungen soeben diese Traurigkeit wahrnehmen konnte. Demnach wünscht er sich wohl eine lang andauernde Beziehung, aber er ist felsenfest davon überzeugt, dass er diese nie erleben wird. Das tut mir schon wieder in der Seele weh. Ich hoffe für ihn, dass er sich eines Tages heftig verliebt und dadurch seine Besorgnis überwindet.

Tina ist am Telefon, ich wollte sowieso gerade Feierabend machen, also kann ich ihr ein kurzes Update vom gestrigen Feuerwerk und dem Konzert geben. Sie ist ein wenig neidisch:

„Du hast es gut. Ich muss mir den ganzen Tag Kinderlieder zu Gemüte führen. Ich würde gerne mal das Radio anschalten, aber dann meckert meine Tochter, sie will diese Musik nicht hören. Ihre Lieder gehen mir auch ganz schön auf die Nerven und dann kriegt man die auch nicht mehr aus dem Kopf."

Nach dem Telefongespräch ist Jessica, die im Büro gerade gegenüber von mir sitzt, neugierig wie immer und quetscht mich über das Date aus, denn sie hat mein Gespräch mit Tina mitbekommen. Vor ihr kann ich meine Stimmung eh nicht verbergen, deshalb gestehe ich:

„Ich habe noch mal darüber nachgedacht, was Manuel gestern gesagt hat. Nur zur Info, mit Manuel wird das auch nichts. Ich bin jetzt an dem Punkt angelangt, wo ich keine Lust mehr auf Dates habe. Man macht sich immer wieder Hoffnungen, dass irgendwann der Richtige dabei ist und jedes Mal wird man wieder enttäuscht. Diese ständige Achterbahn der Gefühle halte ich nicht mehr durch. Ja, gut, vielleicht verpasse ich etwas, aber ich werde keine Verabredungen mehr treffen. Ich werde sowieso keinen Mann finden. Ich muss mich einfach ablenken und nicht mehr daran denken, wie schön es wäre, eine Beziehung zu haben. So geht das jedenfalls nicht weiter. Damit mache ich mich nur kaputt und es kommt sowieso nichts dabei heraus."

Jessica zeigt Verständnis:

„Ich kann dich gut verstehen. Du solltest es zwar nicht so negativ sehen, irgendwann triffst du bestimmt deinen Traummann, aber es ist vielleicht wirklich besser, wenn du das locker angehst. Ich glaube, dass man gerade, wenn man angestrengt sucht, niemanden findet. Du hast Recht, du solltest mal eine Pause machen. Für eine gewisse Zeit lang solltest du die Männer einfach vergessen!"

Die Idee ist gut, wenn das nur so einfach wäre. Während diesem Gespräch mit Jessica hat mein Kollege Stefan kein Wort dazu gesagt. Ich nehme mal an, weil es schon ziemlich männerfeindlich geklungen hat. Bevor ich das Reisebüro verlasse, packe ich noch rasch drei Kataloge ein, die ich morgen wieder zurücklege, um sie später noch Lilly zu zeigen.

Lilly ist schon gespannt auf die Kataloge, als ich bei ihrer Wohnung damit auftauche. Aufgrund der Tatsache, dass wir nun beide solo sind, wollten wir gemeinsam Urlaub machen, den Termin haben wir schon festgemacht und uns dafür von der Arbeit frei genommen. Das Reiseziel ist uns aber immer noch nicht klar, wobei wir uns da nicht streiten müssen, weil wir beide überall zusammen viel Spaß haben. Jeder schnappt sich einen Katalog, bald darauf zeigt mir Lilly ein Angebot. Es handelt sich um eine Nilkreuzfahrt, das finde ich super. Nach dem Flug bis Luxor (das hieß zur Zeit der Pharaonen Theben) kann man mit dem Schiff auf dem Nil bis Assuan reisen. Beste Reisezeit ist dafür der November, das passt also genau mit unserem Termin zusammen. In der Kurzbeschreibung der Reise heißt es:

Am Anfang der Reise besuchen Sie den Luxor Tempel (Regierungssitz und Residenz der Pharaonen) und das Tal der Könige. Weitere Programmpunkte auf der Reise sind die Tempelanlagen von Karnak, der Assuan Staudamm und ein Ausflug nach Abu Simbel, der Tempel wurde 1296 v. Chr. von Ramses II. erbaut; am Eingang des Tempels stehen vier 22 Meter hohe Sitzkolosse, die alle den Pharao Ramses darstellen.

Lilly merkt meine Begeisterung und ist damit einverstanden, dass wir die Reise buchen. Ich notiere mir gleich das Angebot und werde die nächsten Tage nachschauen, ob ich eine vernünftige Preisklasse für uns finde. Wenigstens ist eine Nilkreuzfahrt nicht ganz so teuer wie die großen Kreuzfahrten auf den Weltmeeren. Das ist das Schöne daran, wenn ich mit Lilly verreise, da kann man gerne auch mal ein bisschen Kultur mitnehmen, es muss ja nicht immer ein Bade- oder Fitness-Urlaub sein. Die beste Reiseplanerin von uns beiden ist Lilly, sie will sich um die Literatur kümmern, also Reiseführer, damit wir uns schon vor der Reise ein bisschen Hintergrundwissen aneignen können. Zum Thema Pharaonen, Pyramiden und Hieroglyphen findet sich wiederum in meinem gut ausgestatteten Bücherregal ein großer Bildband.

Beiläufig erkundigt sich meine Schwester nach Manuel. Darüber will ich eigentlich gar nicht mehr reden, aber nun sehe ich mich gezwungen von dem Abend zu berichten. Meinem Entschluss, die Männerwelt zeitweilig zu ignorieren, kann sie auch folgen. Allerdings hat das bei ihr einen anderen Grund, sie hatte zu viele Männer, sogar zwei gleichzeitig. Dagegen ist mein Problem, dass ich eben gar keinen Mann bekomme. Diese Schwierigkeit hatte Lilly noch nie, sie sieht halt einfach umwerfend aus. Außerdem ist sie wirklich sehr freundlich und entgegenkommend, aber das trifft genauso auf mich zu. Dies kann also nicht der Grund sein, warum alle Männer auf Lilly stehen. Im Vergleich zu mir ist sie viel hübscher, schlank, blond und bezaubernd, das wird es sein. Mittlerweile ist es schon fast Mitternacht, somit verabschiede ich mich von Lilly und verspreche, mich so schnell wie möglich um die Buchung der Reise zu kümmern.

twa drei Wochen später an einem Samstag: Nachdem ich lange ausgeschlafen habe, überlege ich, wie ich mir den Tag gestalten könnte. Obschon Lilly mit mir durch die Clubs der Stadt ziehen wollte, habe ich ihr abgesagt, denn ich habe keine Lust von einem Betrunkenen (das sind die meisten in den Clubs) angebaggert zu werden, das Thema Männer ist sowieso abgehakt. Mich will doch keiner, also brauche ich nicht weitersuchen, in der Folge bleibe ich abends öfter daheim. Die Zeitung habe ich schon gelesen und schaue nun nach dem Fernsehprogramm, ein spannender Film heute Abend wäre nicht schlecht. Der einzig neue Film, der mir auffällt, ist ein Liebesfilm. Sowas kann ich jetzt gar nicht gebrauchen, glückliche Paare zu sehen treibt meine Stimmung noch weiter in den Keller. Ansonsten will ich nicht immer dieselben Filme im Fernsehen anschauen, manche habe ich schon zum vierten oder fünften Mal gesehen, weil sonst nichts Besseres im Fernsehen kam. In den seltensten Fällen gibt es mal eine Wissenschafts- oder Kultursendung. Unversehens läutet es an meiner Tür, ich werde abrupt aus meinen Gedankengängen gerissen. Wer könnte das sein? Besuch hatte sich nicht angemeldet.

Indem er mir einen Stift in die Hand drückt, bittet mich der Mann vom Blumenservice:

„Könnten Sie mir bitte noch bestätigen, dass sie die Blumen erhalten haben?"

Während ich nach einer Vase suche, gehen mir 1000 Fragen durch den Kopf. Wer schickt mir Blumen? Geburtstag habe ich jedenfalls nicht, Valentinstag ist auch nicht. Beim Auspacken der roten Nelken fällt mir eine Karte auf:

Das Leben ist ein großes Puzzle
und du bist das Stück, das mir noch fehlt.

Das klingt wunderbar. Vielleicht erfahre ich, wer mir die Blumen geschickt hat, aber egal wie ich die Karte auch drehe und wende, es steht leider kein Name darauf. Ich bin noch total überwältigt, erst bekomme ich einen Blumenstrauß, dann ist diese Karte dabei, die mir noch mehr Rätsel aufgibt. Gibt es da draußen vielleicht doch jemanden für mich? Mein Herz schlägt schneller. Richtig gemein wäre, wenn sich das Ganze nur als dummer Scherz entpuppt. Unter allen Umständen muss ich erfahren, wer mir die Blumen geschickt hat. Da mich die Karte im Moment auch nicht weiterbringt, will ich Tina um Rat bitten. Zunächst habe ich David am Apparat. Tina und David haben inzwischen ihre Ehekrise überwunden und sind wieder ein Herz und eine Seele. Nachdem ich kurz mit David gesprochen habe, ist Tina endlich am Telefon, ich kann es kaum erwarten, ihr von den Blumen zu berichten. Tina klingt genauso aufgeregt wie ich und fragt nach dem Absender. Als ich ihr gestehe, dass ich keine Ahnung habe, von wem sie sind, gibt sie mir folgenden Tipp:

„Du hast gesagt, ein Blumenservice hätte dir die Nelken vorbeigebracht, also kannst du doch anrufen und nachfragen, vielleicht hast du Glück und sie haben samstags länger geöffnet."

Natürlich, warum bin ich nicht gleich selbst auf die Idee gekommen? Wahrscheinlich, weil ich zu aufgeregt bin und im Moment mein Hirn abgeschaltet habe. Erleichtert bedanke ich mich bei Tina.

Die Telefonnummer ist schnell herausgefunden, hoffentlich erfahre ich jetzt, wer dahintersteckt. Freundlich bitte ich die Frau vom Blumenservice mir den Namen zu nennen, von demjenigen, der mir die Blumen schicken ließ. Sie bedauert mir keine Auskunft geben zu können. Die Daten ihrer Kunden dürfte sie nicht weitergeben. Trotz meiner Überredungskünste hat sie mich doch höflich abgewiesen. Es war immerhin einen Versuch wert. Andererseits bleibt es so noch eine Weile spannend, wer mein Verehrer sein könnte. Beim Anblick der Blumen und dem Sonnenschein, der darauf fällt, merke ich erst, dass es ein herrlicher Tag draußen ist! Nun weiß ich auch, was ich heute machen werde, bei einem Waldspaziergang kann ich den Tag genießen und die faszinierenden Farben der bunten Herbstblätter betrachten.

L V.

ünf Tage danach bekomme ich wieder Blumen geschenkt, diesmal überreicht Stefan sie mir im Reisebüro. Stefan? Steckt er dahinter? Während er mir die Blumen in die Hand drückt, fügt er hinzu:

„Die Blumen wurden für dich in der Mittagspause, als du weg warst, abgegeben. Ich habe versprochen, sie dir zu geben, wenn du wieder im Büro bist."

Das reicht mir noch nicht als Erklärung, also frage ich nach:

„Von wem wurden die Blumen gebracht?"

„Ähm, von einem Blumenservice."

Für einen kurzen Augenblick habe ich mich gefreut, als Stefan mit den Lilien auf mich zukam und sogar gehofft, dass er mein heimlicher Verehrer wäre. Hastig suche ich den Strauß ab und es steckt tatsächlich wieder eine Karte drin, aber den Absender gibt auch diese nicht preis.

Jessica räuspert sich:

„Du hast ja noch gar nichts erzählt von deinem Neuen. Ich dachte du hast erst einmal genug von Männern."

Eigentlich will ich gar nicht im Büro darüber reden, vor allem ist mir das vor Stefan peinlich, weil ich noch nicht mal weiß, von wem die Blumen sind. Aber Jessica wartet auf meine Erklärung:

„Um ehrlich zu sein, ich habe keine Ahnung von wem die Blumen sind. Das ist jetzt schon das zweite Mal. Ich habe schon Blumen nach Hause geschickt bekommen, da wusste ich aber auch nicht, wer es war."

„Aber da steckt doch eine Karte drin, steht da nichts drauf?"

„Weder auf der Karte beim letzten Mal noch auf dieser steht ein Name."

„Und du hast keine Ahnung wer es sein könnte? Was steht denn da? Vielleicht kommen wir gemeinsam drauf, wer es ist."

Jessica lässt bestimmt nicht locker, also lese ich sie laut vor:

Ich wünscht', ich wär' ein Gummibär,

dann wär' mein Leben halb so schwer.

Ich würde dir gefallen,

als der Süßeste von allen!

Jessica ist total gerührt:

„Das ist einfach nur süß. Rebecca, du hast vielleicht ein Glück! Ich wünschte, mein Mann hätte mir einmal sowas Schönes gesagt. Dein Bärchen scheint ja wirklich ein Romantiker zu sein."

„Mein Bärchen, wie meinst du das?"

„Du hast doch gesagt, da steht kein Name auf den Karten. Wenn er schon so eine Andeutung macht, mit dem Gummibär, dann nenne ihn doch einfach Bärchen."

Ja, das klingt wirklich nicht schlecht.

um Mittagessen bin ich mit Lilly verabredet. Ihre Begeisterung wegen dem Fallschirmsprung am bevorstehenden Wochenende ist kaum zu übersehen. Am Sonntag wird sie einen Tandemsprung wagen. Das ist mal wieder typisch für meine Schwester, so hitzköpfig wie sie ist, ich würde mir das niemals zutrauen, aus der Höhe abzuspringen. Ihren Mut kann ich nur bewundern. Sie gibt zu, vor ihrem ersten Sprung auch Angst gehabt zu haben, wie jeder Mensch. Kurz bevor sie etwas Neues ausprobiert, hätte sie immer Lampenfieber, gemischt mit der Vorfreude etwas Schönes zu erleben, aber es würde sich lohnen, weil man hinterher das Gefühl hätte, es geschafft zu haben. Das hört sich toll an, trotzdem sehe ich persönlich keinen Sinn darin, freiwillig aus dem Flugzeug zu springen, mal abgesehen von der Situation, wenn es einen Notfall gäbe, dann würde ich wahrscheinlich springen. Lilly malt sich aus, wie der erste Sprung mit dem routinierten Tandemmaster aus etwa 4km Höhe ausfallen wird. Von Adrenalin und einer Minute freiem Fall redet sie, veranschaulicht dies mit Händen und Gesten, doch ich kann ihr nicht lange folgen, meine Gedanken schweifen immer wieder ab. Später wird sie lauter:

„Hörst du mir eigentlich zu? Ich hatte dich eben gefragt, ob du heute noch ausgehst. Es ist schließlich Freitag und du willst mir doch nicht erzählen, dass du nur zu Hause herumsitzen willst."

„Nimm es mir nicht übel, dass ich eben abwesend war, aber meine Gedanken kreisen die ganze Zeit um den Absender der Blumen."

Lilly äußert die Vermutung, dass es jemand sein muss, der mich sehr gut kennt, da er schließlich meine Adresse und meinen Arbeitsplatz kennt. Das war mir noch gar nicht aufgefallen. Es bleibt jedoch keine Zeit weiter über dieses Ausschlusskriterium nachzudenken, ich muss pünktlich um 14 Uhr beim Chef zur Besprechung im Büro sitzen.

Der Nachmittag verlief eher ruhig, als der Chef kurz nach der zweistündigen Sitzung das Reisebüro verließ. Jessica hat die Gelegenheit beim Schopf gepackt und gleich Feierabend gemacht, um für ihre Familie ein schönes Abendessen zu zaubern. Mittlerweile ist es schon so spät, dass ich die hinteren Büroräume verschließe und Stefan seinen PC herunterfährt. Als ich wieder vorne im Reisebüro bin, sehe ich auf einmal die rote Rose auf meinem Schreibtisch liegen, darunter befindet sich ein Brief:

Es hat viel zu lange gedauert, bis ich dir zeigen konnte, welch wunderbare Frau du bist. Jetzt ist es endlich an der Zeit, das Geheimnis zu lüften. Schau' mal rüber, da bin ich . . .

Als ich aufblicke, bin ich verwirrt, nur Stefan ist hier und sitzt wie immer an seinem Schreibtisch. Er steht auf, kommt auf mich zu und erkundigt sich vorsichtig:

„Bist du jetzt enttäuscht, dass ich dir die Blumen geschickt habe?"

Zunächst versuche ich meine Gedanken zu ordnen, weil ich ziemlich perplex bin, wiederhole ich die Frage, um Zeit zu gewinnen:

„Wieso sollte ich denn enttäuscht sein? Naja, es kommt überraschend, weil ich nicht damit gerechnet habe. Wir kennen uns schon so lange und ich habe nichts gemerkt. Warum hast du mir das nie gesagt?"

„Anfangs dachte ich, du wärst einfach nicht an mir interessiert. Dann hattest du so viele Dates, dass ich mich nicht in dein Leben einmischen wollte. Aber der Hauptgrund, warum ich nie darüber gesprochen habe, war, weil ich nicht wusste, ob ich jemals wieder das Reisebüro betreten könnte, wenn du mir einen Laufpass geben würdest. Ich könnte es dann nicht ertragen dich jeden Tag hier zu sehen. Was meinst du, gibst du mir eine Chance?"

Darauf gibt es nur eine Antwort:

„Du bekommst so viele Chancen wie du willst!"

Stefan ist erleichtert:

„Darf ich dich also morgen zum Tanzen ausführen?"

„Ja, klar, du weißt doch, wie gerne ich tanze!"

Stefan grinst über beide Ohren:

„Natürlich weiß ich das! Deswegen habe ich auch tanzen gelernt, ich habe einen Tanzkurs gemacht, wie du es mir empfohlen hast. Ich hatte nichts davon erwähnt, weil ich dich überraschen wollte."

Das ist wohl das Schönste, das ein Mann je für mich getan hat. Wir haben die Zeit vergessen, es ist schon lange Feierabend, also schließen wir noch das Reisebüro ab und verabschieden uns voller Vorfreude auf den morgigen Tag.

Ich kann immer noch nicht verstehen, was vorhin passiert ist. Stefan, dem ich am wenigsten Aufmerksamkeit schenkte, weil ich immer dachte, dass ich bestimmt nicht gut genug für ihn wäre, ist also mein heimlicher Verehrer. Er war die ganze Zeit in meiner Nähe und ich habe nichts gemerkt. Ich bin erleichtert und glücklich, am meisten freue ich mich auf morgen, wenn ich mit Stefan ausgehe. Nein, eigentlich freue ich mich auf alle Tage, die ich in Zukunft mit ihm verbringen darf.

Den ganzen Tag über war ich aufgedreht und ungeduldig, am Abend kann ich Stefan endlich in seine blauen Augen blicken und mit ihm über das Parkett schweben. Beim Tango packt er dann den Macho aus, ich denke nur: Was für ein Mann! Ich brauche kaum zu erwähnen, dass er hervorragend führen kann. Es ist normal sich beim Tanzen nahe zu kommen, ich habe schon mit vielen Männern getanzt, aber bei Stefan bin ich heute bei der kleinsten Berührung wie elektrisiert. Weil es im Tanzlokal doch ziemlich laut ist, verlassen wir dieses am späten Abend und fahren in seine Wohnung.
Bei einem Glas Wein neben mir auf dem Sofa sitzend, gesteht er mir dann:

„Schon lange warte ich darauf, ich kann es nicht länger verheimlichen: Rebecca, ich liebe dich!"

„Ich dich auch. Küss mich, halt mich und lass mich nie wieder los!"

Stefan drückt mich fest an sich und gibt mir einen Kuss. Während er mein Gesicht in seine Hände nimmt und mir tief in die Augen blickt, fügt er feierlich hinzu:

„Ich verspreche dir, ich werde dich niemals betrügen. Wenn du willst, bleibe ich für immer bei dir. Mit 1000 Küssen versuche ich, die Wunden auf deinem Herz zu heilen."